新课标推荐课外读物

少年名著馆

红楼梦故事

插图·注音·释义

（清）曹雪芹 著　夏天 改写

浙江古籍出版社

贾府主要人物关系图

宁国公 贾演
贾代化
贾敷（长子）
贾敬（次子）
贾珍
（袭宁国公）
×
贾蓉母（妻）
尤氏（继配）
贾蓉
×
秦可卿（妻）
胡氏（继配）
惜春
（丫环：入画）
荣国公 贾源
贾代善
×
贾母
（丫环：鸳鸯）
贾赦（长子）
（袭荣国公）
×
贾琏母（妻）
邢夫人（继配）
迎春母（妾）
贾琏
×
王熙凤（妻）
尤二姐（二房）
平儿（妾）
秋桐（妾）
巧姐
迎春
（丫环：司棋）
贾政（次子）
×
王夫人（妻）
（丫环：金钏、
玉钏）
赵姨娘（妾）
周姨娘（妾）
贾珠（长子）
×
李纨（妻）
贾兰
元春（长女）
（丫环：抱琴）
宝玉（次子）
（丫环：袭人、晴
雯、麝月、秋纹）
×
薛宝钗（妻）
（丫环：莺儿）
探春（次女）
（丫环：侍书）
贾环（三子）
贾敏（女）
×
林如海
林黛玉
（丫环：紫鹃、雪雁）

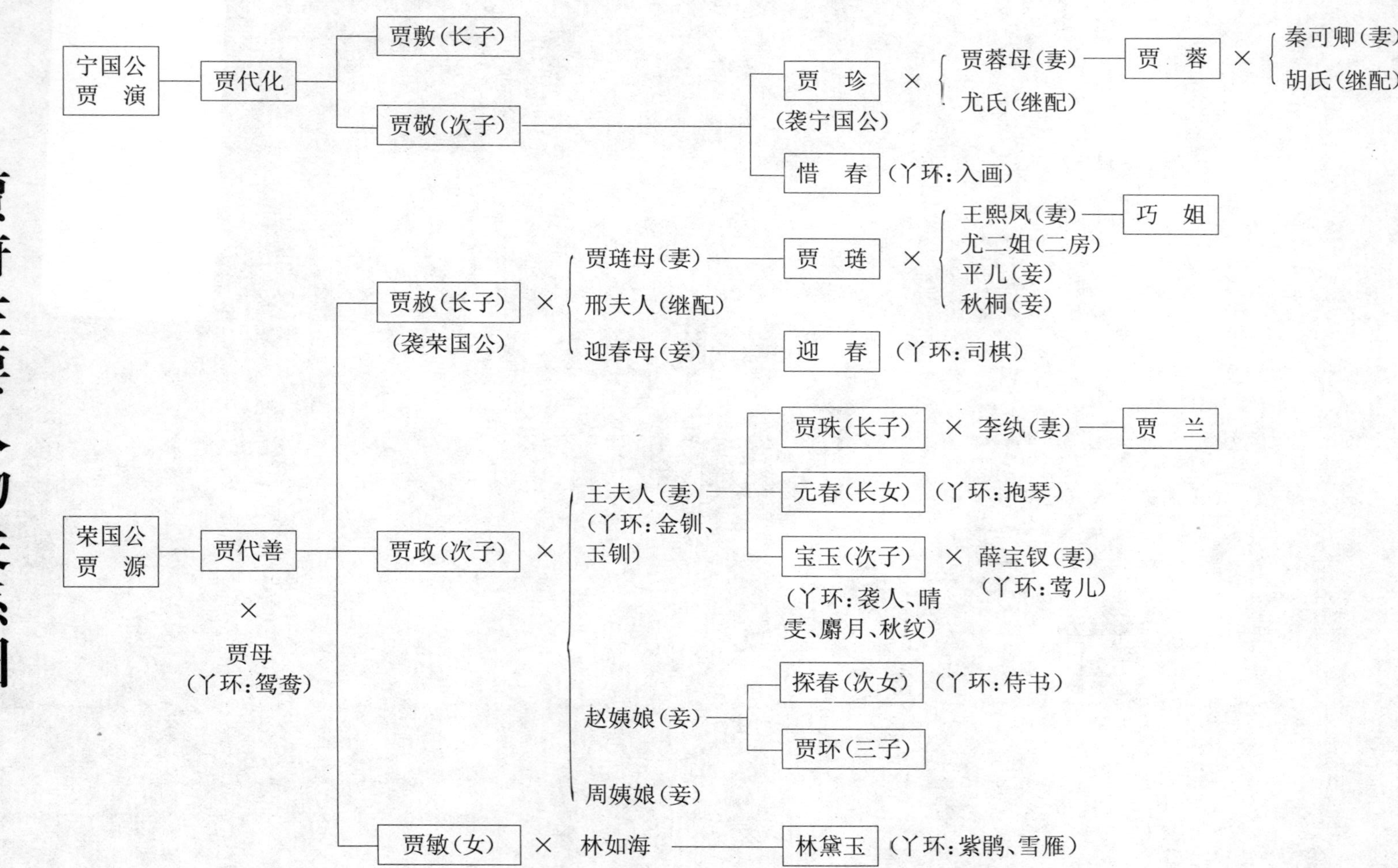

出版说明

古典名著是中华优秀传统文化的重要组成部分，其中活跃着我国各时代、各阶层各式各样的人物，展现了他们丰富多彩的思想和生活。通过一个个生动的故事，可以深入了解中华民族悠久的历史、丰富的思想道德和绚烂的社会文化，从而开阔眼界，发散思维，汲取养分，树立青少年正确的人生观和价值观。

《红楼梦》又名《石头记》《情僧录》《风月宝鉴》《金陵十二钗》，是一部章回体长篇小说，被尊为中国古典四大名著之首，也是中国古代小说艺术的巅峰之作。《红楼梦》由曹雪芹（约1715—1763，名霑，字梦阮，号雪芹、芹溪、芹圃，清代文学家）“批阅十载，增删五次”而创作，但直到他“泪尽而逝”时，也未能完成全篇，仅仅以不完整的八十回传世。今流行本共一百二十回，后四十回一般认为是高鹗（约 1738—约 1815，字兰墅，号研香，别署红楼外史，清代文学家）续写的。高鹗续写完成了贾宝玉、林黛玉的爱情悲剧，但是让宝玉中举、贾府复兴，则是违背了曹雪芹的创作初衷。

《红楼梦》全书营造了一个丰富多彩、精妙绝伦的艺术天地。它以贾宝玉、林黛玉二人的爱情悲剧为主线，以贾、史、王、薛四大家族的兴衰为背景，尤以贾府为中心，真实地再现了封建贵族的没落生活，展现了我国封建社会晚期的社会风俗和民众面貌。作者善于在矛盾冲突中塑造人物性格，全书为我们呈现了一大批个性鲜明的人物形象，如：林黛玉、贾宝玉、薛宝钗、王熙凤、史湘云、尤三姐、晴雯、鸳鸯，等等。《红楼梦》诞生两百多年来，几乎家喻户晓，对小说和作者的研究已成为一门学问——“红学”。

青少年学生的课余时间毕竟有限，其中大部分读者还会不同程度地存在文字阅读障碍，“入门”引导显得十分有意义。《红楼梦故事》在原著的基础上“摘其精要”，甄选了那些思想内容积极健康、人物故事生动有趣的情节，用白话加以改编、串联。书前增加了主要人物关系图；书中对古代文化常识、疑难字词等作了注音或注释，以减少青少年学生的阅读障碍，增强阅读趣味，同时更利于把握故事脉络和重点。

改编是一个再创作的过程，限于改编者水平，误漏之处难免，还望方家多多指正。

目录

❶ 青埂峰下识通灵

《红楼梦》又名《石头记》。那是作者为了将真事隐去，而假借“通灵”之石的遭遇，叙述一个很离奇也很耐人琢磨的故事。关于它的写作缘起，正如作者自己所说的：

满纸荒唐言，一把辛酸泪！
都云作者痴，谁解其中味？①

故事得从女娲补天②说起。自从盘古开天地之后，大地上就有了花果树木、飞禽走兽，唯独没有人。女娲为了排遣寂寞，就用泥巴捏人，捏一个活一个，蹦着跳着开口叫“妈妈”。女娲一高兴就不断地捏呀捏呀，大地上到处都是女娲的孩子。他们耕田捕鱼，生活十分美满，女娲看着乐在心里。

可是没多久就发生了战争，水神共工和火神祝融打了起来，结果水神被打败了，一怒之下，他一头撞向不周山，不周山轰然而倒。这一下非同小可，不周山是撑天的柱子，它一断，天就塌

①这首诗是《红楼梦》中曹雪芹以自己身份来写的唯一一首诗，表达了作者难以直言又生怕被世俗不解的苦闷心情。 ②女娲(wā)补天：我国古代神话传说之一。天原来不整齐，女娲就炼五色石修补天的缺口。(见《列子·汤问》)早期的女娲补天与共工怒触不周山是两个独立的故事，是东汉王充把两者连接起来的。

了一方，天河里的水泻了下来，泛滥成灾。女娲为了拯救自己的孩子们，决定炼五色石补天。她走遍大地，采石，洗石，炼石，终于在大荒山无稽(jī)崖下炼成了十二丈高、二十四丈见方的巨石三万六千五百零一块。女娲小心翼翼地把它们补在天的塌落处。当天空重新清澈明净的时候，三万六千五百零一块石头，只剩下了最后一块，于是这块石头就被丢弃在青埂(gěng)峰下。

可是谁也没有想到，这块石头经过千年万年的风吹雨淋日晒，已通灵性。他遥望蓝天，见众兄弟都被选去补天，唯独剩下自己，不由得自怨自叹，悲泣惭愧。

有一天，正当这块石头叹息之际，从远处走来一个和尚和一个道士。两人丰神朗目，骨格不凡，说说笑笑来到青埂峰下，就坐在这块石头旁边高谈阔论。先是说些神仙变幻之术，后来就渐渐说到人世间的荣华富贵。石头听了不觉动了凡心，也想到人间去享一享福，犹豫再三，吞吞吐吐地对他俩道出了心中的向往："二位大师，如能发一点慈悲之心，携带弟子在那富贵场中、温柔乡里享受几年，我一定不会忘记你们的大恩大德!"

跛道士　疯僧

二位仙师听了笑道："善哉，善哉！人间虽好，到头来终究是竹篮打水一场空，倒不如不去的好。"

这石头凡心已炽，哪里还听得进去，便一味苦求。二仙叹道："这真是静极思动、无中生有的事啊！我们便带你去享受享受，你可别后悔。”

和尚念起咒语①，大展幻术，把这块思念红尘的大石头顿时缩成扇坠大小的美玉，鲜明莹洁，很是可爱。他把它托在掌上，笑着说：“现在看起来倒是有点像宝贝了，只是还得刻上几个字，使人一见就知道是一件奇物，方可带你到昌明隆盛之邦、诗礼簪缨②之族、花柳繁华之地、温柔富贵之乡安居乐业。”

石头听了大喜，说：“不知二位大师要在我身上刻什么字？带我到何处去？”

和尚笑笑说：“你日后自会明白的。”说着就把这块石头揣进袖内，同道人一起飘然而去。

从那以后，又不知过了多少年，有一个空空道人遍游天下，访道求仙，从这青埂峰下经过，忽然看见一块大石头上写着“无材补天，幻形入世”八个大字，还刻写着这块石头历经悲欢离合、世态炎凉的一段故事。石头的背面有这样四句诗：

无材可去补苍天，枉入红尘若许年。

此系身前身后事，倩③谁记去作奇传？

诗的大意是：我没有补天的本事，白白降生到世上这么多年。这里记下的事，是我下凡前后的经历，可是请谁抄去当做奇闻流传呢？

---

①咒语：信某些宗教的人以为念着可以除灾或降灾的语句。②簪缨(zān yīng)：古代达官贵人的冠饰，后遂借指高官显贵。③倩(qìng)：使，请。

空空道人读了这首诗，知道这块石头有些来历，便对石头说："石兄，据你自己说来，这段故事有些趣味，还想传于人世，但在我看来不过是几个男孩女孩的婚姻恋爱，有什么新奇可言呢？"

石头说："大师何必太认真，我想历来野史小说无非是假托汉唐的虚拟故事，哪里有我亲眼所见、亲身经历的来得可靠？自古那些写才子佳人的书，开口'文君'①，满篇'子建'②，千部一腔，千人一面，更讨厌的是，'之乎者也'，故弄玄虚，哪有我这半世亲眼目睹的这几个女子的故事生动？这些故事可以消愁破闷，几首歪诗可以喷饭助酒，定能让世人耳目一新。"

通灵宝石　绛珠仙草

空空道人听石头这么一说，觉得也有道理，又将这石上的字从头细读一遍，抄了下来。从此空空道人便改名"情僧"，把《石头记》改为《情僧录》，又有人题名为《风月宝鉴》。后有曹雪芹先生披阅十载，增删五次，题名为《金陵十二钗》，世人都称之为《红楼梦》。

---

①文君：指卓文君，汉代才女，在守寡期间与蜀中才子司马相如私奔。其故事被后代描写爱情的小说故事频繁借用。②子建：曹操的三子曹植，字子建，自小文采飞扬，生性多情。

❷ 贾宝玉衔玉降生

女娲补天剩下的那块石头被带到哪儿去了呢？原来那僧道二仙将其带到京城，让他降生在一个姓贾的大家族里。对于贾家的势力，社会上流传着这样一首民谣：

贾不假，白玉为堂金作马。
阿房宫①，三百里，住不下金陵一个史。
东海缺少白玉床，龙王来请金陵王。
丰年好大雪(薛)，珍珠如土金如铁。

这讲的是京城贾、史、王、薛四大家族，以贾家为首贵，用白玉砌成厅堂，用黄金铸成马；像阿房宫那样方圆三百里，还住不下姓史的一家人；东海龙王缺少白玉床，也要请求王家来帮忙；薛家则是把珍珠看成土，把黄金当做铁。如今荣国府里最年长的贾母，是从史家嫁过来的，因此贾母也称史太君；贾母有个儿子叫贾政，娶的是王家的女儿，人称王夫人；这王夫人有个妹妹，嫁给了薛家，人叫薛姨妈；王夫人还有个内侄女②，叫王熙

①阿房(ē páng)宫：秦代重要的宫殿建筑，今位于陕西西安阿房村。②内侄女：指妻子的兄弟的女儿。由于古代称妻子为“内人”，故妻子的侄女被称为“内侄女”。

凤，嫁给了贾政的哥哥贾赦(shè)之子贾琏(liǎn)做媳妇，掌管了荣国府一家的财政大权。这四大家族用婚姻结成联盟，互相照应，一损俱损，一荣俱荣，生活奢靡，声势显赫。

在京城的一条街上，住着贾家两兄弟。街东宁国府，街西荣国府，两府宅院相连，竟把大半条街给占了。宁、荣二府的主人都是世袭①的显贵②，东府的宁国公死后，儿子贾代化继承了官爵，生了两个儿子，大儿子幼年夭亡，二儿子贾敬承袭了官爵，只是他无意为官，终日与道士们烧汞炼丹③，以求长生不老之术。他的儿子贾珍像一匹野马，不读书也不做事，每日花天酒地，寻欢作乐，把宁国府闹得天翻地覆也无人敢管。

西府的荣国公死后，长子贾代善承袭了官爵，但不久就谢世了，由长子贾赦承袭。次子贾政从小酷爱读书，最得祖父疼爱，原想通过科举考试谋取官职，不料祖父死后，皇上额外赐给他一个官职，如今已升为员外郎④了。贾政的妻子就是王夫人，头胎生的公子叫贾珠，十四岁入学，不到二十岁娶妻生子，不料一病身亡。第二胎是位小姐，大年初一出生，所以叫元春。第三胎生的又是一位公子，说来稀奇，这位公子一生下来嘴里竟衔着一块五彩晶莹的美玉，上面还有许多字迹，于是就取名叫宝玉。

宝玉既有这样的奇事，大家都认为他来历不凡，将来必有大出息，尤其是他的祖母，更是对他爱如珍宝。周岁那年，父亲贾

①世袭：指帝位、爵位等世代相传。②显贵：指声名显赫、地位尊贵的人(多指高官)。③烧汞(gǒng)炼丹：道教的一种道术，通过各种秘法，在丹炉中烧炼矿物以制造丹药，目的在于追求“长生不老”。这其实是荒谬的做法。④员外郎：古代官职名，原指设于正员、定员以外的郎官。清朝时，此官职配置于朝廷或地方之辅助部门，从五品，一般为闲职。

政要测试他将来的志向，将文房四宝和其他东西放在一起，任他抓取。这是一种传统的习俗，叫“抓周”[①]。谁知他别的一概都不抓，一伸手就把脂粉钗环抓过来玩，贾政看了恨恨地说：“将来不过是个酒色之徒!”从此就不太喜欢这个儿子。唯独贾母仍把他当做命根子一样。

说来也怪，贾宝玉长到七八岁，虽然淘气异常，但聪明过人，一百个孩子也不及他一个。说出来的话也怪，什么“女儿是水做的骨肉，男人是泥做的骨肉。我见了女儿，我便清爽；见了男子，便觉浊臭逼人”。于是，有说他将来是色鬼的，也有说他天性非凡的。在府内，宝玉竟成了个有争议的人物。

荣、宁二府中，与宝玉同辈的几个姐妹，大小姐元春因德才兼备被选进宫作女史[②]去了；二小姐迎春、三小姐探春、四小姐惜春都跟贾母住在一起。宝玉与她们一块儿学习，一块儿玩耍。后来又来了很多表姐妹，府内就更热闹了，因此也有人戏言宝玉是女儿国里的混世魔王。

①抓周：也叫“试周”“试儿”，是我国传统的诞生礼之一，是庆祝小儿第一个生日时举行的一种仪式。小儿周岁时，在他面前陈列各种物品，常见的有文房四宝(笔、墨、纸、砚)、算盘、钱币、书籍等，任他抓取，看他先抓什么，以此测验他的志向和兴趣以及将来可能从事的职业。 ②女史：我国古代女官名。

宝玉：行为偏僻性乖张

❸ 黛玉初进荣国府

家住苏州的御史大夫林如海的夫人贾敏，是京都荣国府贾母的女儿，贾赦、贾政的妹妹。夫妇俩膝下一对儿女，生得聪明伶俐。可惜儿子三岁时得病去世，女儿黛玉便被视如掌上明珠。只是黛玉从小体弱多病，请了许多名医诊治都不见效。三岁那年来了一个癞(lài)头和尚，劝说林老爷让黛玉出家，说只有这样病才能好。黛玉的父母哪里舍得呢？和尚又说："不出家也罢。除非从今以后，除父母以外其他的人一概不见，也不能听见她的哭声，方可平安度过一生。"

黛玉的父母见这和尚疯疯癫(diān)癫的，也就没把他的话放在心上。五岁时，父亲请了一位叫贾雨村的先生，在家教黛玉读书识字。没多久，她就把"四书"① 背得烂熟。黛玉的聪慧令先生惊讶，他发现这女学生有些怪异：凡遇到"敏"字，读时就把它念成"密"，书写时都要减去一二笔。后来才知道，她小小年纪就已经懂得避家长的名讳了。那一年，黛玉的母亲一病不起，黛玉端汤端药，竭尽全力。母亲死后，黛玉本来就虚弱的身体，就更加羸(léi)弱了。

---

①四书：指《大学》《中庸》《论语》《孟子》四种儒家经典。

林如海丧妻后本想让女儿在家守孝读书，但这时黛玉的外祖母史太君派人来接她去京城。黛玉原不忍心离开父亲，无奈外祖母一定要她去，又听父亲说：“你身体多病，年纪又太小，上无亲母教养，下无兄弟姐妹扶持，如今你去依傍外祖母和舅舅家的姐妹们，正好减去我的后顾之忧，为什么不去呢?”黛玉听了觉得有理，就与父亲洒泪告别，随了奶娘和荣国府的几个老妇人乘船而去。

几天之后，船到了京都码头，早有荣府的轿子等在岸边了。黛玉坐在轿子上，从纱窗往外瞧了瞧，只见街市极其繁华，与别的地方很不同。

轿子拐进一条街，街北蹲着两只石狮子，三间兽头大门，门前坐着十来个衣帽华丽的人。正门上方悬着一块匾，匾上写着“敕造[1]宁国府”五个大字。轿又往西行，不多远又是同样的三间大门，这才是荣国府。黛玉见房屋都是雕梁画栋，廊下养着鹦鹉、画眉，果然气派不凡。

接外孙贾母惜孤女

①敕(chì)造：奉帝王的命令建造。

她暗暗告诫自己：这里不是自己家中，今后是不能多说半句话，不能多走半步路，应当时时小心。轿子从西边的角门进去，最后在垂花门前停了下来。几个穿红着绿的丫头都笑着迎了上来，又有三四个人争着打起帘子，只听得有人向屋里传话："林姑娘到了！"

林黛玉下了轿，被领进正房大厅，只见一位鬓（bìn）发如银的老婆婆被人搀扶着迎了上来，她知道这就是外祖母了，正要下拜，被贾母一把搂在怀里，"心肝肉儿"地叫着哭了起来，黛玉也哭个不休。众人慢慢劝解，黛玉才止住了眼泪，按贾母的指点一一拜见了邢夫人、王夫人和李纨（wán）表嫂及迎春姐妹。黛玉很为这阵势排场惊讶，隐隐有一种府内等级森严的感觉。

这时却听后院传来笑声，说："我来迟了，不曾迎接远客！"黛玉纳闷：这些人个个敛声屏气，严肃齐整，这来者是谁，敢这样放诞无礼？

此时，只见一群媳妇①、丫头拥着一位丽人，从后房进来。这人的打扮与姑娘们不同：彩绣辉煌，仿佛仙子一般，一双丹凤三角眼，两弯柳叶吊梢眉，身量苗条，体格风骚，粉面含春威不露，丹唇未启笑先闻。黛玉连忙起身接见。贾母笑道："你不认得她。她是我们这儿有名的泼皮破落户②，南方俗称'辣子'，你叫她凤辣子就是了。"

一时间，弄得黛玉不知以何称呼，众姐妹忙告诉她："这是琏嫂子。"见礼之后，凤姐携着黛玉的手，上上下下打量了一番，

①媳妇：这里指女仆。②泼皮破落户：此处形容凤姐性情豪放、不拘细节。

笑道："天下真有这样标致的人物，我今儿才算见了。况且这通身的气派，竟不像老祖宗的外孙女儿，倒是个嫡亲[1]的孙女，怨不得老祖宗天天口头心头一时也不忘。只可怜我这妹妹如此命苦，怎么姑妈偏偏就去世了！"说着，便用手帕擦眼泪。

贾母笑道："我才好，你倒来招惹我。"

凤姐听了，忙转悲为喜："正是呢！我见了妹妹，一心都在她身上了，又是喜欢，又是伤心，竟忘了老祖宗了。该打该打！"

说着，她热情地携着黛玉的手，问："妹妹几岁了？可上过学？现在吃什么药？在这里不要想家，想吃什么玩什么，只管告诉我。"一面又吩咐婆子把黛玉的行李搬进房间去，再腾出两间下房，让黛玉的奶妈休息。

说话间，桌上已摆上茶果，凤姐亲自为黛玉捧茶捧果。王夫人说："给妹妹找匹缎子裁衣裳。"王熙凤马上接口道："这倒是我先料着了。知道妹妹不过这两日到的，我已备下了，等太太回去过了目好送来。"王夫人听了就不做声了。

吃过茶果，贾母让两个嬷嬷[2]带着黛玉去见两个舅舅。大舅舅贾赦推说身体不好，说改日再见。二舅舅贾政因为斋戒[3]，不便相见。

一天里，黛玉受到这么多长辈和姐妹们的宠爱，心里很是高兴，但当她从两个舅舅家中出来，心里掠过了一丝阴影。从这一天起，黛玉开始了寄人篱下[4]的生活。

---

①嫡（dí）亲：血统最接近的亲属。②嬷嬷（mó mo）：即乳母、奶娘。③斋戒：古人在祭祀前，穿整洁衣服，戒除嗜欲（如不喝酒、不吃荤等），以表示虔（qián）诚。④寄人篱下：比喻依靠别人过活。

❹ 宝黛初逢始流泪

黛玉从前时常听母亲说起，二舅母家有一个衔玉而生的表兄，很顽皮，不喜欢读书，总爱在女孩子中间厮混，但那天进府以后却没有遇见。黛玉心下正在犯疑，只听王夫人说："舅母有一句话要告诉你，你的三个姐妹倒是都很好，日后一块儿念书、认字、学针线，她们都会照顾你。我最不放心的就是宝玉，他是家里的混世魔王，今天去庙里还愿，等他回来你就知道了。以后不要多理他，你的那些姐妹是都不敢沾惹他的。"

黛玉笑道："听母亲说，这位哥哥比我大一岁，虽然顽皮，但与姐妹们极好。我平常只与姐妹们在一起，怎会去沾惹他呢？"

王夫人笑了："你哪里知道，他从小与姐妹们相处惯了，要是姐妹们不理他，倒还安分些，要是哪一天与他多说了一句话，心里一乐，就会生出许多事来，所以劝你别理他。"

两人正说着，一丫头来传话："老太太那里传晚饭了。"王夫人便携着黛玉，前往贾母后院。

饭后，王夫人与李、凤三人离开了，黛玉留在贾母房中陪她说话。正说着，只听一声"宝玉来了"，竹帘一挑，进来一位少年公子，面如满月，眉如墨画，眼若秋波，颈上还系了一块美玉。黛玉心下不由得大吃一惊：怎么会这么眼熟？好像从前在哪里见过似的。

宝玉向贾母请过安，就去向母亲请安，再回来时已换了衣服。贾母笑着说："还不去见过你妹妹！"

其实宝玉早已留意到人群中多了个女孩子，料定是苏州林姑妈的女儿，忙过来作揖①。细看之下心里一惊，这妹妹与众不同：两弯似蹙②非蹙笼烟眉，一双似喜非喜含情目。态生两靥③之愁，娇袭一身之病。泪光点点，娇喘微微。闲静时如娇花照水，行动处似弱柳扶风。心较比干多一窍，病如西子胜三分。④宝玉快活地笑道："这个妹妹我曾经见过。"

贾母笑道："又说胡话了，你怎么会见过她呢？"宝玉笑道："虽然没见过，但看着觉得面善，心里就算旧相识，今天就当是久别重逢，也未尝不可。"贾母喜得眉开眼笑，连说："好，好。这就和睦了。"

宝玉走近黛玉身边坐下，又细细打量一番，问："妹妹读过书吗？"黛玉回答只上过一年学。宝玉又问黛玉尊名、表字⑤，当他得知黛玉没有表字时，笑着说道："我送妹妹一妙字，'颦(pín)颦'怎么样？"

探春追问出处，宝玉摇头晃脑，不无得意地说："古书上说，西方有种石头叫黛，可以替代画眉用的墨。况且林妹妹眉尖若蹙，取这两字岂不是很美吗？"

---

①作揖(yī)：汉族民间传统的一种礼节。两手抱拳高拱，身子略弯，表示向人敬礼。②蹙(cù)：聚拢，皱。③靥(yè)：酒窝。④"心较比干"二句：比有七窍玲珑心的比干还要聪明，比捧心的西施还要娇弱美丽。比干，纣王三大忠臣之一，因纣王暴虐荒淫，至摘星楼强谏三日，后被纣王剖心而死。⑤表字：古人在本名之外往往另取一个和本名意思相关的名字，叫作表字。

林黛玉：态生两靥之愁，娇袭一身之病

众姐妹抿着嘴笑，黛玉也觉得这位表兄很好玩。这时宝玉又出奇招，问："妹妹有玉吗？"

大家都愣住了。黛玉心想，他自己有玉，便以为这世上的人都有玉，便答道："我没有。你那玉是稀罕物，怎么可能人人都有呢？"宝玉听了，摘下那玉狠命一摔，骂道："什么稀罕物？还说什么通灵不通灵，我不要这劳什子①了！"众人吓得一拥去拾玉，贾母急得一把搂住了宝玉，说道："孽障②！何苦摔这命根子！"

宝玉满面泪痕，哭道："家中姐妹都没有，如今来了个神仙似的妹妹也没有，可见这不是好东西！"贾母连忙哄他："你这妹妹本来也是有的，因为你姑妈去世时舍不得你妹妹，才把它带走了。"说着，从丫鬟(huán)手中接过那块玉，给他戴好。宝玉听了，信以为真，就不再说什么了。

晚上，黛玉翻来覆去睡不着，想到伤心处，不觉落下泪来。外面屋里，宝玉早已睡着了，宝玉的丫鬟袭人见黛玉还没睡，就悄悄走进来，问道："姑娘怎么还不休息？"

黛玉忙请袭人坐下。丫头鹦哥笑道："林姑娘正伤心着呢。说'今儿才来，就惹出宝玉的狂病来，假如摔坏了那块玉，岂不是我的罪过！'我好不容易才劝好。"

袭人说道："姑娘快别这样，将来只怕还有比这个更奇怪的呢！如果这也要伤感，只怕你以后是伤感不过来呢。"

宝黛初会，就捅开了黛玉的泪泉，流呀流呀，从此就流个没完。

---

①劳什子：如同说"东西"，但更含有厌恶情绪。 ②孽(niè)障：旧时长辈骂不肖子弟的话。

❺ 宝钗巧合认通灵

薛宝钗生在“丰年好大雪，珍珠如土金如铁”的皇商世家。只是父亲死得早，哥哥薛蟠(pán)不仅不会理财，还是个经常惹祸的酒色之徒。好在有京都的贾、王两家做靠山，才能大事化小，小事化了，而得平安。

那一年，薛蟠为买一个侍妾而闹出了人命。她母子兄妹一起进京，一是为案子走门路，二是让宝钗进京等待候选，以便有机会像元春那样被选入宫中。贾母便将他们安排在梨香院居住。

宝钗每天与黛玉、迎春姐妹一起看书、下棋，或做做针线，虽说她年岁不大，却能随合世俗，遇事豁达，所以大得人心，连那些小丫鬟们也喜欢找她玩。

有一天，女管事周瑞媳妇有事去梨香院，进了里屋，只见薛宝钗穿着家常衣服，头上散挽着发髻(jì)，正伏在小炕桌上同丫鬟描着花样子。

宝钗见她进来，放下笔，满脸堆笑地让座。周瑞媳妇在炕沿上坐了，说道：“怎么这几天没见姑娘到那边去玩，是宝兄弟冲撞了你吧？”

宝钗笑着答道：“哪儿的话呢！是我的病又犯了，所以就没有出门。”

周瑞媳妇关心地问道："姑娘有什么病根儿，也该请个大夫及早治治才好。"宝钗听了便笑道："为了这病也不知白花了多少银钱呢！不管什么名医仙药，一点儿都不见效。后来多亏一个癞头和尚，他说我这是从娘胎里带来的一股热毒，开了一个药方，又给了一包末药作引子，异香异气的，他说发病时吃一丸就好。他的药倒是真灵验。"

周瑞媳妇问道："是什么药方？可以说出来听听吗？"宝钗笑道："不用这药方还好，若用了它，真是烦死人。"

原来，那药叫"冷香丸"，所采用的药料都不贵重，但配方却很麻烦：要春天开的白牡丹花蕊十二两，夏天开的白荷花蕊十二两，秋天开的白芙蓉花蕊十二两，冬天开的白梅花蕊十二两。在第二年春分这一天将这四种花蕊同药引子一起碾成粉末，用雨水这一天的雨水、白露这一天的露水、霜降这一天的霜、小雪这一天的雪各十二钱，和(huò)了药调匀，再加十二钱蜂蜜、十二钱白糖，制成药丸，放进旧瓷坛里，埋在花根底下。发病时拿出来吃一丸，用十二分黄柏煎汤送服。

周瑞媳妇听得连声叫阿弥陀佛，说道："那得等几年才能凑上这样的巧呢？"宝钗笑着说："姐姐算是说对了，这药都在一个'巧'字上。那和尚走了以后，一二年间可巧都办齐了，如今就埋在梨花树底下呢。"

周瑞媳妇听了点点头说："这病发时到底怎么难受呢？"宝钗答道："发病时也不过是哮喘、咳嗽罢了。"

正说着，宝钗的母亲薛姨妈叫住周瑞媳妇，让她把十二支宫花①分送给迎春、黛玉等姐妹们。周瑞媳妇接过宫花，见那宫花十分精巧，便说："留给宝姑娘戴吧。"薛姨妈说："宝丫头古怪着呢，她从来不爱这些花儿粉儿的。"

周瑞媳妇走后，宝钗生病的事就传开了。宝玉一听说宝钗生了病，就赶紧过来探望。宝钗抬头见宝玉来了，连忙起身让座。宝玉问："姐姐的病全好了吗?"说着便抬头察看她的脸色，只见宝钗唇不点而红，眉不画而翠，脸若银盆，眼如水杏，病着仍是一副楚楚动人的模样。

宝钗见问，接口道："已经好了，多谢挂念。"说着，让丫鬟莺儿斟茶来。宝钗抬眼看见宝玉胸前挂着的那块玉，就笑着说："成日听人说你这块玉，却从没有细细看过，我今天倒要瞧瞧。"

说着，她就挪到宝玉跟前。宝玉也凑了上去，并从颈上摘下玉，递到宝钗手上。

宝钗托在掌上细

宝钗巧合认通灵

①宫花：宫中特制的供装饰用的假花。

看，只见它大小如雀蛋，璀璨如明霞，莹润如酥油。正面横写着“通灵宝玉”四个字，竖写着两行字：“莫失莫忘，仙寿恒昌。”①背面写着三行字：“一除邪祟，二疗冤疾，三知祸福。”宝钗看完，重新翻过正面来细看，口中念道：“莫失莫忘，仙寿恒昌。”念了两遍。

莺儿听了嘻嘻笑道：“我听这两句话，倒像和姑娘项圈上的两句话是一对儿。”宝玉听了忙问：“姐姐项圈上也有八个字？让我也鉴赏鉴赏。”宝钗说：“你别听她的话，没什么字。”宝玉不停央求，宝钗被缠不过，就说道：“只是一个和尚送的两句吉利话。”说着解开排扣，从大红袄里掏出那珠宝晶莹黄金灿烂的项圈，递给宝玉。宝玉托在手上端详，果然每面都有四个字，一面是“不离不弃”，另一面是“芳龄永继”。念了两遍，说道：“姐姐这八个字倒真的与我的是一对。”

此时，两人坐得很近，宝玉闻得有一阵阵凉丝丝的幽香，却不知是何香气，忙问：“姐姐熏的是什么香？我从未闻到过这种香味儿。”宝钗笑道：“我最怕熏香，好好的衣服熏得烟燎火气的。”宝玉问道：“既然如此，这又是什么香呢？”宝钗想了想，笑道：“大概是我早起吃的药丸的香气。”宝玉笑道：“什么药丸这么好闻，也给我尝尝。”宝钗笑道：“又胡闹了，药也是能随便吃的？”

正说着，忽听外面人说：“林姑娘来了。”话音未落，黛玉已

①莫失莫忘，仙寿恒昌：意指通灵宝玉来人间只是为了体验一番悲欢，只要不遗失不忘记，就可维持仙寿。后文宝钗金锁上的“不离不弃，芳龄永继”，意思是只要不丢失，就可永葆芳华。这两句形成对仗，暗示宝玉和宝钗的金玉良缘。

走了进来，一见宝玉便笑道：“哎哟，我来得不巧了！”宝钗笑道：“这话是什么意思？”黛玉答道：“早知他在这里，我就不来了。”宝钗说：“我更不懂你的意思了。”黛玉笑道：“要来时都来，不来时都不来，这不是太热闹或太冷清了？倒不如今儿我来，明儿他来，这样不是天天有人来了？姐姐怎么不懂我的意思？”

这时薛姨妈已摆好几样细巧茶果，留他们吃茶。宝玉因夸前日在珍大嫂那里吃的鹅掌、鸭舌，薛姨妈听了，忙把自己做的拿来让他尝。宝玉说：“这个须得就酒才好。”薛姨妈就叫人去取了最上等的酒来，并叫人用热水暖暖。宝玉说：“不用暖了，我只爱吃冷的。”宝钗笑道：“宝兄弟，亏你念了许多杂书，难道就不知道酒性最热？热的吃下去，发散得就快，冷的吃下去，便会凝结在内，五脏岂不受害？以后可别再吃冷酒了。”宝玉听这话有理，便放下冷酒，让人去暖了来。

这时，黛玉的小丫鬟雪雁刚巧来给黛玉送小手炉。黛玉含笑问她：“谁叫你送来的？哪里就冷死我了？”雪雁说：“是紫鹃姐姐怕姑娘冷，叫我送来的。”黛玉一面把手炉抱在怀中，一面笑着说：“也亏你听她的话，我平时与你说的话，你全当耳边风。怎么她说了你就依，比圣旨还灵呢！”

宝玉知道黛玉是在借题奚落自己，也不回话，嘻嘻地笑了两声。

宝钗知道黛玉是如此惯了，也不去理睬她。薛姨妈却问道：“你平日身子弱，她们记挂着你倒不好？”黛玉笑道：“这样来送手炉，就好像姨妈家连只小手炉都没有似的。要是别人家，岂不恼了?”薛姨妈说：“你这个多心眼儿的，我可没想这么多。”

说说笑笑，宝玉已有三杯酒下肚。这时，奶妈上来阻止：“你可要当心点，老爷今天在家，要检查你功课的。”宝玉听了，慢慢地放下酒，垂下了头。黛玉忙说：“别扫大家的兴，舅舅要是叫你，就说姨妈留住了。”说着推推宝玉，悄悄耳语道：“别理她，我们乐我们的。”奶妈说：“林姐儿，你别助着他了，你劝劝他，只怕他还听些。”黛玉冷笑道：“你这妈妈也太小心了，往常老太太也是让他吃酒的，怎么姨妈这里就不能吃了？想必姨妈是外人，不该在这里吃吧!”

一顿抢白①，奶妈的脸上有点挂不住了，说：“这林姐儿，说出的话比刀子还尖。”宝钗忍不住笑了，在黛玉的腮上一拧，说道：“这个颦丫头的一张嘴，叫人恨又不是，喜欢又不是。”

众人都笑了。喝完酒，饱了肚，黛玉问宝玉“走不走”，宝玉乜斜②着倦眼，说：“你走，我也走。”于是二人便起身告辞。

①抢白：指当面说责备、训斥、讽刺与挖苦的话。②乜(miē)斜：眼睛眯成一条缝，斜着眼睛看人。

⑥ 刘姥姥发兴攀皇亲

刘姥姥是京城郊区的一个老寡妇，一直住在女儿家里，帮女儿带孩子，照看家务。女婿叫狗儿，祖上曾做过一个小小的官，因贪图王夫人父亲的权势，便认他为叔父。如今狗儿的祖父早已过世，与王家的来往已断了多年。

狗儿有一双儿女，儿子叫板儿，女儿叫青儿，日子过得艰难，总是唉声叹气，还动不动就发脾气。刘姥姥看不过，就劝道："姑爷，别怨我多嘴，咱们庄稼人，哪个不是老老实实过日子，守着多大的碗就吃多大的饭。你小时候托祖上的福吃喝惯了，现在就受不住穷。有了钱顾头不顾尾，没了钱瞎生气，像什么男子汉？如今虽说我们住在城外，但终究是天子脚下，京城遍地都是钱，只可惜没人去拿罢了，光在家跳脚有什么用?"

狗儿一听便着急地说："你老只会在炕头上瞎说，难道叫我去偷去抢不成?"刘姥姥就出主意，重新去把那条断了的亲情线接起来，并说："二十年前，你们和金陵王家是连过宗的，当时他们也照顾过你们。如今你们拉硬屎①，不肯去亲近他们，才疏远了。想当初我和女儿还去过一次，他们家的二小姐着实爽快，

①拉硬屎：这里有自恃清高的含义。

待人好，不摆架子，后来嫁给了贾政老爷，听说如今上了年纪，越发知道可怜穷人，你何不去走动走动？要是她能发一点善心，拔一根汗毛比我们腰还粗呢！”

女儿在一旁说：“我们这副样子，怎么到他们门上去？只怕连看门的都不肯去通报呢！去丢人现眼？”

谁知狗儿名利心最重，一听刘姥姥的话心里就活动起来了，说：“姥姥说得在理，就劳您老人家明日走一趟吧，先探探风头再说。”

刘姥姥说：“哎哟，都说‘侯门深似海①’，我是个什么东西，他们又不认识我，去了也白去！”

狗儿笑道：“没事儿，我教你一个法子，你带着板儿去，先去找一个叫周瑞的。这周瑞从前与我父亲有交情，我们两家关系挺好的。”

于是，第二天天还未亮，刘姥姥就起来梳洗，又把板儿叫醒，叮咛他不许淘气。板儿才五六岁，一听说要带他去逛城，喜笑颜开，不论说什么，满口答应，唯恐应迟了不让去。

刘姥姥带着板儿进了城，找到宁荣街，来到荣府大门的石狮子前，看见门口停着一顶顶新轿，就不敢过去了，掸(dǎn)了掸衣服，又教了板儿几句，才慢慢蹭到角门前。

只见几个挺胸凸肚的人坐在大板凳上指手画脚地说东道西，刘姥姥便小心翼翼地走过去说：“给太爷们请安。”众人打量了一会儿，问道：“哪里来的？”刘姥姥忙赔笑道：“我是来找太太的

①侯门深似海：指显贵人家深宅大院，门禁森严，一般人难以出入。出自唐朝诗人崔郊的《赠婢诗》：“侯门一入深如海，从此萧郎是路人。”

陪房①周大爷的，烦请太爷们替我请他老出来。”那些人听了都不理睬，其中有一位老年人告诉她，周大爷已往南边去了，他在后面一带住着，他老婆应该在家。从这边绕到后街，到后门去问就是了。

刘姥姥道了谢，领着板儿来到后门口，只见门前摆着摊儿，有卖吃的，也有卖玩具的，二三十个小孩在那里厮闹②。刘姥姥拉住一个小孩，向他打听周大娘的住处。孩子说：“我知道，你跟我来。”说着，把刘姥姥引进了后门，又叫道：“周大娘，有个老奶奶来找你呢!”

周瑞媳妇听到有人叫她，就迎了出来。刘姥姥忙迎上去说：“您好呀，周嫂子!”周瑞媳妇认了半天才笑着说：“刘姥姥，是你呀！几年不见，差点给忘了，快进屋里坐。”

刘姥姥边走边说：“您老是贵人多忘事，哪里还记得我们呢。”来到房中坐下，周瑞媳妇一边叫丫头倒茶，一边与刘姥姥说话，没一会儿她就明白了刘姥姥的来意，便说：“刘姥姥你放心，这么远地来了，岂有不让你见个真佛的呢。不过，现在可不是五年前了，如今太太不大管事，都由琏二奶奶照管，她是太太的内侄女，名叫王熙凤。这位凤姑娘年纪虽小，本事却大呢，少说也有一万个心眼子，口齿伶俐，十个会说话的男人也说不过她。”刘姥姥说：“阿弥陀佛！全仗嫂子引见了。”

周瑞媳妇带着刘姥姥来到琏二奶奶的住处，才入堂屋，就闻到一阵香气扑面而来。刘姥姥辨别不出是何气味，只觉得身子似

①陪房：古代女子出嫁时，从娘家带去夫家的仆人，叫作“陪房”。②厮闹：相互打闹。

刘姥姥一进荣国府

在云端一般。满屋子的物品都耀眼夺目，使人头晕目眩，刘姥姥此时只是点头咂（zā）嘴念佛了。

平儿坐在炕沿边，打量了刘姥姥一眼，向她问好让坐。刘姥姥见平儿遍身绫罗，插金戴银的，就以为是凤姐，刚要叫姑奶奶，忽听周瑞媳妇称她是平姑娘，才知不过是个有些体面的丫头。

刘姥姥领着板儿在炕上坐下不久，便听见咯当咯当的响声，似打箩筛（shāi）面一般，不免东张西望。忽见堂屋中柱子上挂着一个匣子，底下坠着一个秤砣般的一物①，不住地来回晃动。刘姥姥心想："这是什么东西？有什么用处？"正发呆时，猛然听到"当"的一声，被吓了一大跳，接着又是一连八九下，刚想问时，只见小丫头们一齐乱跑，说："二奶奶回来了。"平儿、周瑞媳妇忙起身，说："姥姥只管坐着，到时候我们来请你。"说着都迎了出去。

①秤砣般的一物：指大座钟的挂摆。

刘姥姥屏息等候，忽见两人抬了一张炕桌过来，放在炕上，桌上摆满碗盘，里面是满满的鸡鸭鱼肉，只动过几样。板儿一见便吵着要肉吃，刘姥姥打了他一巴掌。这时周瑞媳妇笑嘻嘻地过来，招呼刘姥姥去见凤姐。

凤姐身穿桃红撒花袄，粉光脂艳，端端正正坐在炕上。刘姥姥见了凤姐忙在地下拜了几拜，向姑奶奶请安。凤姐忙说："周姐姐，快搀起来，别拜了。我年轻，不大认得，不知是什么辈数，不敢称呼。"周瑞媳妇忙说："这就是我刚才说的那个姥姥了。"凤姐笑着说："亲戚们不大走动，都疏远了。知道的呢，说你们嫌弃我们，不肯常来；不知道的那些小人，还只当我们眼中无人似的。"刘姥姥忙说："我们家道艰难，走不起，来了也没什么东西可给姑奶奶。"

凤姐笑道："我们这个家不过是借赖着祖父的虚名，做个穷官罢了，也是个空架子。俗话说，'朝廷还有三门子穷亲戚'呢，何况我们呢？"说着，又问周瑞媳妇："禀告了太太没有？"周瑞媳妇说："正等待姑奶奶的吩咐。"凤姐说："你去瞧瞧，要是太太那里有人就罢。要是有空儿，就禀报一下，看太太怎么说。”周瑞媳妇答应着去了。

这儿，凤姐抓了些果子给板儿吃。过了一会儿，周瑞媳妇回来了，对凤姐说：“太太说，今日不得闲，二奶奶陪着也是一样。只是来逛逛便罢了，要是有什么说的，只管告诉二奶奶。”刘姥姥说：“我也没什么说的，只是来瞧瞧姑太太、姑奶奶，也是亲戚们的情分。”周瑞媳妇说：“没什么说的便罢了，若有话，只管告诉二奶奶，和太太是一样的。”她一面说一面递眼色给刘姥姥。

刘姥姥会意，红着脸说：“按理今日初次见姑奶奶，是不该说的，只是大远地奔了你老这里来，也少不得说了。我今日带了你侄儿，不为别的，只是他爹娘在家里，连吃的都没了。现在天又冷，只得带了你侄儿奔了你老来。”凤姐早明白了，说：“不必说了，我知道了。这姥姥不知吃了早饭没有？”

刘姥姥忙说：“一早就往这儿赶，哪里还有吃饭的工夫！”凤姐听说，忙发话：“快传饭来。”

刘姥姥和板儿到东屋吃饭去了。凤姐问周瑞媳妇：“刚才太太说了些什么？”周瑞媳妇说：“太太说，咱们原不是一家子，不过因是同出一姓，当年又与太老爷一起做官，因此连了宗。这几年不大走动了，当时来一趟，也没让他们空着回去。如今来瞧我们，是他们的好意，也不可怠(dài)慢了他们。要有什么话，叫奶奶决定就是了。”凤姐听了说：“难怪呢，要是一家子，我怎么连影儿也没见过。”

说话间，刘姥姥已吃完饭拉着板儿过来了。凤姐笑道：“且请坐下，听我告诉你老人家。方才的意思，我已知道了。亲戚之间，原该不等上门来就有个照应才是。但是如今家里杂事太多，太太又上了年纪，我近来刚接着管些事，都不知道这些亲戚们。从外面看来，这个家轰轰烈烈，却不知大有大的难处，说给人听人家也未必信。今日你既然老远地来了，又是头一次向我张口，我怎么能叫你空手回去呢。可巧昨天太太给我的丫头们做衣裳的二十两银子还没动，你若不嫌少，先拿去用吧！”

刘姥姥先听见凤姐说家境艰难，只当是没戏了，心突突直跳，又听说给她二十两银子，高兴得眉开眼笑，说道：“我也是知道艰难的，但俗话说‘瘦死的骆驼比马大’，只要你老拔一根汗毛，比我们的腰还要粗呢！”周瑞媳妇见她净说粗话，就使眼色给她。凤姐看了，笑而不睬，只叫平儿把那包银子拿来给了刘姥姥，说：“这是二十两银子，暂且拿去给孩子做件衣服。以后没事，只管来逛。天也晚了，不留你们了。”一面说，一面就站了起来。

刘姥姥千恩万谢，拿了银子，出了荣国府，回家去了。

❼ 建别院元春省亲

那一天正是贾政的生日，宁、荣二府的人齐集庆贺，非常热闹。忽然门吏来报："有六宫都太监夏老爷来降旨！"吓得贾政、贾赦一干人不知是何消息，忙叫停了戏文，撤去酒席，摆上香案，走到中门跪接。只听夏太监念道："特旨，立刻宣贾政入朝，在临敬殿陛见。"

元春

贾政不知是何来头，只得急急更衣入朝。贾母等心中惶惶不安，不断地派人去打听。大约两个时辰① 以后，忽听管家来报："请老太太带领太太等进朝谢恩。"这时才知道是喜从天降了。

原来，贾政的大女儿元春晋封为凤藻宫尚

①时辰：旧时计时单位。把一昼夜分为十二个时辰，一个时辰相当于现在的两小时。

书，加封贤德妃。贾母、王夫人都喜形于色。宁、荣二府上下里外，都欣然雀跃，个个脸上都有得意之状，言笑之声不断，于是撤下的酒席又摆上。贾政更是得意，觉得一个女孩子竟担起了光宗耀祖的重任，比男孩儿更有出息。王夫人自然也是高兴，但想起女儿入宫四年，只能略传消息，宫里宫外两重天，不觉滴下泪来。贾政见状，劝道："如今被封为贵妃，倒是能见着了。"

原来，皇上顾念天下父母儿女之情皆为一理，新定每月逢二、六日期，准其眷属入宫候看。另外，凡有重宅别院之家，也可以让她们定时回去一趟，以尽骨肉之情，共享天伦之乐。

贾府素有"贾不假，白玉为堂金作马"之说，花些银子算什么！于是决定造一座省亲[①]别院，接贵妃娘娘回府省亲。

一时间，各行工匠，金银铜锡，土木砖石，潮水似的涌入府中，垒山，造屋，开沟架桥，种花栽树，在府中修建一座方圆三里半的大观园，并同时派人

大观园

①省(xǐng)亲：回家乡或到远处看望父母或其他尊亲。

下江南采买十二个女孩子，教习演戏，以恭候贵妃娘娘大驾。

一年之后，贾府的省亲别院落成。皇上恩准：正月十五上元之日，贾妃省亲。元宵节前，先有太监出来检查，后有巡察地方总理关防太监等再次踏勘①。到了十四日那天，有工部官员并五城兵备道派人打扫街道，撵逐②闲人。这一夜，贾府上上下下通宵未眠。

到十五日那一天，贾赦等领全族子弟在大街外等候，贾母领全族女眷在荣府大门外迎接。街头巷尾围布挡严。只见一队队人马过后，才见八个太监抬着一乘金顶金黄绣凤的大轿，缓缓而来。贾母等连忙跪下，早有太监过来，扶贾母起来。

贵妃娘娘贾元春隔着帘幕向外看，只见园内香烟缭绕，五彩缤纷，处处灯火相映，时时细乐声喧，说不尽这太平气象，富贵风流。她也不由得叹息奢华过度。

贾妃乘舟游玩了一会儿，又上轿往前，只见琳宫绰约，桂殿巍峨，石坊上写着“天仙宝境”四个字，她觉得文字过于华丽，忙让人换成“省亲别墅”四字。

这时，礼仪太监领着贾赦、贾政到殿前平台站好，让贾妃升座受礼。贾妃传谕免去。又有太监领着贾母等女眷前来。她又传谕免去。然后贾妃更换衣服，去贾母处行家礼，贾母等人一齐跪下请求免去。贾妃泪流满面，走上前来，一手扶着贾母，一手扶着王夫人，三个人都有满腹的话，只是都说不出来，只有相视而泣。邢夫人、李纨、凤姐和迎春姐妹们，全在旁围绕，垂泪

①踏勘(kān)：现场查看。 ②撵(niǎn)逐：驱逐，赶走。

无言。

很久，贾妃才忍住悲痛，安慰贾母等："当日既送我去那不得见人的地方，今日好不容易回家一会儿，不说说笑笑，反倒哭起来，等会儿我去了，又不知什么时候才能回来！"

贾妃原是想劝别人的，不防又被自己的悲语触痛，皇宫纵然千般好，总不及一家老小在一起共享天伦。高高兴兴回家来，却是触动了更多亲情。母亲老了，祖母更见衰弱，自己又未生下龙子龙女，宫闱之争又激烈，想想前景可怕，于是感慨道："田舍之家，虽说粗茶淡饭，却终究能朝夕相处，享受天伦之乐；如今我虽富贵至极，却骨肉分离，又有什么意趣？"

听了贾妃这番微露怨言的话，贾政讷讷①地讲了一通感戴君恩的空话，让元春安心侍候皇上，贾妃也只好说些"保重身体"的话。父女之间显得十分拘谨。

贾妃问："为何不见宝玉？"贾母说："没有谕令，不敢进来。"贾妃让人快快带他进来。宝玉行完国礼，贾妃让他过去，拉着他的手一把揽进怀里，抚摸着他的头，笑着说："长高了很多……"一句话没说完，泪如雨下。元春是长姐，宝玉是小弟，入宫前就口传教授了他几本书，认字数千，虽是姐弟，情同母子。

贾妃在游览中，将"有凤来仪"赐名为"潇湘馆"，"红香绿玉"改名为"怡红快绿"，"蘅(héng)芷清芬"赐名为"蘅芜苑"，"杏帘在望"改为"浣(huàn)葛山庄"。在省亲院内，贵妃

①讷(nè)讷：形容说话迟钝。

命笔砚侍候。她挥笔为省亲别院题名为“大观园”，正殿匾额为“顾恩思义”，并书云：

天地启宏慈，赤子苍头同感戴；
古今垂旷典，九州万国被恩荣。

拟完对联后还题了一首绝句：

衔山抱水建来精，多少工夫筑始成。
天上人间诸景备，芳园应锡①大观名。

写毕，向众姐妹笑道：“我向来缺乏才情，且不擅长吟咏，姐妹们都是知道的。我与各位妹妹各吟咏一篇。大观园中潇湘馆、蘅芜苑是我最喜欢的，怡红院、浣葛山庄也不错。宝玉你得多题几首，才不辜负我对你的一片苦心。”

宝玉和众姐妹都答应了，下来后各自去构思。不一会儿，众姐妹都已写就，只有宝玉还未做完，才做了“潇湘馆”和“蘅芜苑”二首，正在做“怡红院”一首。宝钗见宝玉的诗稿里有“绿玉春犹卷”一句，悄悄告诉他把绿玉的“玉”字改作“蜡”。宝玉问这“绿蜡”有没有出处。宝钗说：“怎么没有？‘冷烛无烟绿蜡干’② 都忘了！”宝玉笑道：“该死，该死！我怎么想不起来了，姐姐真是‘一字师’了，以后我就叫你师傅，不叫姐姐了。”宝钗笑着说：“还不快快去作诗！”

---

①锡(cì)：通“赐”，赏赐。②冷烛无烟绿蜡干：出自唐代钱珝(xǔ)的《未展芭蕉》：“冷烛无烟绿蜡干，芳心犹卷怯春寒。”

林黛玉是个逞强好胜之人，原想在贵妃面前露一手，无奈贵妃娘娘命姐妹们每人只作一首。这时，黛玉未能施展才能，心里不快。她看见宝玉只做完三首，还有一首“杏帘在望”没有作成，心想这是个展才的好机会，于是把这首诗作成了，写在纸条上，搓成个纸团，偷偷地掷(zhì)到宝玉跟前。这个小动作，贵妃在上面并没有看见。宝玉是个机灵之人，他一看黛玉掷给他的纸团，便打开一看，心中不觉一惊，黛玉作的这一首诗比自己作成的这三首真是高出十倍，便一起抄在纸上，呈与贵妃。林黛玉代作的诗，题为《杏帘在望》：

杏帘招客饮，在望有山庄。

菱荇(xìng)鹅儿水，桑榆燕子梁。

一畦(qí)春韭绿，十里稻花香。

盛世无饥馁①，何须耕织忙！

贵妃娘娘看完宝玉呈上来的四首诗，喜之不尽，高兴地说：“弟弟果然进步了！”她又指着最后一首说：“这一首是四首之冠。”又命人将姐妹弟兄们的诗抄写出来，让太监拿给贾政等人看。贾政看了，也称赞不已。当然最高兴的还是林黛玉了。

说说笑笑，很快就到了要回宫的时间。贾妃依依不舍地与亲人告别，强颜欢笑坐轿回宫去了。

①饥馁(něi)：饥饿；饥饿的人。

❽ 王熙凤毒设相思局

王熙凤的叔叔王子腾是九省都检点，在朝统领军权，声势煊(xuān)赫，贾、薛两家都仰仗于他。王熙凤自幼爱穿男装，一直被当做男孩子教养，因此她比普通女子能更广泛地接触各种各样的生活，见闻丰富，具有为人处世的多种才能。后来嫁到贾府做了贾琏的媳妇。她是王夫人的内侄女，在荣府管理家政。

神情活跃的王熙凤，最有本事制造轻松活泼的气氛，在任何场合都不会忘记奉承贾母，不会忘记在不露形迹之中表现自己的能干与周到，更不会冷落了客人。她心灵口利，谈笑风生，博得老少尊卑的喜爱。虽然丫头婆子没有不怕她的，可是一听说琏二奶奶要讲故事说笑话了，都挤得满满地来听。

一次，在宁府的家宴上，贾府家塾先生贾代儒的孙子贾瑞见了光彩照人的凤姐，不觉动了邪念，时时处处留意凤姐的行踪。当凤姐去园内赏景散步时，贾瑞突然从假山后走出来，对凤姐说道："请嫂子安。"

凤姐吓了一跳，说："是瑞大爷不是？"

"嫂子连我也不认得了？不是我是谁？"

"不是不认得，是想不到瑞大爷会到这里来。"

"是我与嫂子有缘。"贾瑞一边说，一边不停地看着凤姐。

凤姐见他这光景①，早猜透了八九分。假意含笑道："怨不得你哥哥常提起你。今日见了，就知道你是个聪明和气的人。这会儿我要到太太那里去，等闲了咱们再说话。"

贾瑞还是缠着说："我要到嫂子家去请安，又怕嫂子年轻，不肯轻易见人。"凤姐只好拿话哄他："一家子骨肉，什么年轻不年轻的？"

贾瑞听了这话，越发想入非非，那神态也越发不堪入目了。凤姐说道："你快入席吧，当心他们拿住你罚酒。"

贾瑞听了，身上已木了半边，一步三回头地离去。凤姐故意放慢了脚步，见他去远了，心里暗忖（cǔn）道："哪里出来这样禽兽不如的东西！几时叫他死在我手里，他才知道我的手段！"

后来，贾瑞到荣府去过几次，偏都遇见凤姐外出办事，不得见着。那一日凤姐刚从宁府回来，平儿就说："贾瑞打发人来说，要给奶奶请安。"话音还没落，外面丫头报道："瑞大爷来了。"

凤姐急忙叫他进来。贾瑞见此，喜出望外，见了凤姐满面堆笑，连声问好。凤姐也假意殷勤，让茶让座。贾瑞见凤姐彩衣艳丽，脸含春意，越发不能自已了。故意问："二哥哥去南方很久了，怎么还不回来？"

凤姐道："不知什么缘故。"

贾瑞笑道："别是在路上有人绊住了脚，舍不得回来也未可知。"

凤姐随口答道："也可能吧。男人总是见一个爱一个的。"

①光景：情景，状况。

贾瑞轻浮地说：“嫂子这话便错了，我就不是这样的。”

凤姐只觉得恶心，面上却笑道：“像你这样的人能有几个呢？十个里也挑不出一个来。”

贾瑞听了，喜得抓耳挠腮，又道：“嫂子天天很闷吧？”

凤姐道：“正是呢。只盼个人来解闷儿。”

贾瑞厚颜道：“我倒是天天闲着，天天过来给嫂子解解闷儿好不好？”

凤姐故意笑道：“你哄我吧。你哪里肯往我这里来？”

贾瑞立即发誓：“若是有一句谎话，天打雷劈！只因平日里听人说嫂子是个厉害人，吓住了我，如今见嫂子是个有说有笑极痛快的人，我怎么不来？”

凤姐还是笑着说：“果然是个明白人，比贾蓉强多了。”

贾瑞听了这话，越发撞在心坎上了。由不得又往前凑了一凑，觑①了一眼凤姐的荷包，然后又问戴什么戒指。凤姐悄悄说道：“放尊重点，别叫丫头们看见了笑话。”

贾瑞如听纶音②佛语一般，忙往后退。

凤姐说：“你该走了。”

贾瑞道：“好狠心的嫂子，让我再坐一会儿吧。”

凤姐又悄悄说道：“青天白日，人来人往不方便。你先回去，等晚上起了更③再来，悄悄地在西边穿堂等我。”

贾瑞听了，如得珍宝，忙问道：“你别哄我。那里来往人多，怎么躲得起来？”

---

①觑（qù）：看，瞧。②纶（lún）音：指皇帝的诏令。③更（gēng）：旧时一夜分为五更，每更大约两小时。“起更”即第一次打更，相当于晚上七点至九点。

凤姐道：“你放心。我把上夜的小厮们都放了假，西边门一关，再没人了。”

贾瑞听了，喜之不尽，忙告辞而去，内心以为已经得手。好不容易盼到晚上，黑地里摸入荣府，趁掩门时，钻入穿堂。果然漆黑无一人，往贾母那边的门户已锁，只有向东的门未关。贾瑞侧耳听着，半日不见人来，忽然咯噔一声，东边的门也被锁了。贾瑞急得不敢出声，悄悄地走到门边一推，门关得铁桶一般。此时即使想出去，也是插翅难飞了。这里穿堂风阵阵，又是腊月天气，朔风凛凛，侵肌裂骨，一夜下来被冻得半死。

好不容易盼到早晨，只见一个老婆子先开了东门，又进到西门开锁，贾瑞瞅她背着身，一闪身跑了出来。幸而天气尚早，人都未起，他一溜烟从后门跑回家。

贾瑞父母早亡，由祖父贾代儒教养，素日家教极严。这一日老人见他一夜未归，以为他非赌即饮，清晨见他贼兮兮地归来，发狠叫下人打了他三四十板子，不许他吃饭，要他跪在院子里读文章，说要他补出十天功课来。贾瑞冻了一夜，又遭了打，还要饿着肚子跪着读文章，其苦难言。

吃了那么多的苦，贾瑞仍想不到是凤姐在捉弄自己。过了两日，得了空，他又去找凤姐。凤姐心中暗暗发笑，又约他：“今日晚上，在这房后小过道旁的空屋里等我。”贾瑞问：“当真?”凤姐说：“不信就别来。”贾瑞忙道：“来来来，死也要来!”

到了天黑，凤姐点兵遣将，设下圈套。

那一天贾瑞家里来了客人，直到掌灯以后，祖父才安歇，他急急溜去荣府，在那间夹道边的空屋里干等。左等不见人影，右听没有声响，急得他像热锅上的蚂蚁一般。这时，只见黑魆(xū)魆地过来一个人，贾瑞便不分青红皂白，如饿猫扑鼠一般扑了上去。忽见灯光一闪，只见贾蔷在窗外举着灯叫道："谁在屋里？"

只听得炕上的人说："是瑞大叔呢。"

贾瑞一看，自己抱着的竟是贾蓉，臊①得无地自容，回身便跑，却被贾蔷一把揪住道："别走，如今琏二婶已告到太太跟前，说你调戏她，太太已气死过去了。走，跟我去见太太！"

贾瑞一听，魂不附体，苦苦哀求他俩放了自己，而他俩却要挟贾瑞写一张赌钱赌输的欠账单。两人拿了五十两银子的账单又说："外边的门早已关了，等我们先去探路后再来领你。"

王熙凤毒设相思局

说完，拉着贾瑞，熄了灯，出了院子，领他躲在大台阶底下："这儿好，蹲着别动，等我们来。"

此时，贾瑞心下正盘算着如何回家撒谎，只听得头顶上一声响，忽拉拉一桶屎尿从上面泼下来，浇了他满头满

①臊(sào)：羞。

脸满身。贾瑞禁不住“哎哟”一声，忙又掩住口，不敢声张，只是冷冷地打颤。这时才见贾蔷跑来叫他“快走，快走”。

贾瑞三步两步从后门跑到家里，天已三更。等他梳洗更衣完，才意识到凤姐是在耍他。自那以后，他就得了一病：心内发闷，口中无味，脚下如棉，眼睛发酸，黑夜发烧，白昼常倦，小便带黄，痰中带血。渐渐地梦魂颠倒，胡话连篇，百般请人医治，也不见好转。

很快冬尽春回，病又加重。大夫说吃“独参汤”或许会好，可贾代儒一个穷书生，哪来这等财力？少不得往荣府去求告。

王夫人命凤姐称二两人参给他，凤姐回说：“前儿都替老太太配了药，太太又说留着送杨提督的太太配药，昨日刚送去。”

王夫人说：“那你打发人往你婆婆那边问问去，或是到你珍大哥府里寻些来，凑着给人家。吃好了，救人一命。”

凤姐呢，也不派人去寻，只是将些渣末儿、参须凑了几钱，命人送去，只说：“是太太送来的，再也没有了。”然后又对王夫人说：“都寻来了，共凑了二两送去了。”

贾瑞此时要命心切，花了不少钱，却不见效。有一天，一跛足道人来化斋，口称专治冤孽之症。贾瑞在内听见，直喊：“菩萨救我！”

那道士进来，看了看他叹道：“你这病非药可医。我有个宝贝给你，你天天看，此命可保。”

跛足道人

说完，取出一面镜子来。此镜两面都可照人，镜把上刻着“风月宝鉴”四字。道士对贾瑞说道：“这物专治邪思妄动之症，只可照背面，不可照正面，千万千万记住。三日后我来取镜。”

贾瑞收了镜子，那道人便扬长而去。他照道士吩咐，往背面一照，只见一骷髅(kū lóu)立在里面，吓得他连忙闭上了眼。又往正面一照，却见凤姐在里面招手，他心中一喜，便悠悠地进了镜子，与凤姐云雨①一番。出来后一睁眼，镜子里仍然立着一个骷髅。贾瑞不甘心，又把镜子翻过来，如此三番四次，刚要出镜，只见两个人走来，拿铁锁套住他，拉了就走。贾瑞叫道：“让我带了镜子再走！”说完便断了气。

贾代儒夫妇哭得死去活来，想想真是苦命，儿子只留下一个孙子就归西了，孙子只养到二十岁，又莫名其妙得了怪病死了。

代儒是家塾先生，发丧时，来吊唁②的也不少，荣府贾赦、贾政各赠银二十两，宁府贾珍也赠银二十两。凤姐听到贾瑞的死讯，却冷冷地说道：“活该！”

①云雨：战国时楚国宋玉的《高唐赋》中，记叙了宋玉答楚襄王问，说楚怀王曾游高唐，梦见与巫山神女相会，神女临走时说自己“旦为朝云，暮为行雨”，后世因以指男女合欢(多见于旧小说)。②吊唁(yàn)：祭奠死者并慰问其家属。

❾ 凤姐弄权铁槛寺

铁槛(kǎn)寺由宁、荣二公修造，是为了本族中在京城去世的人可以在此寄放。寺内设有阴阳两宅，阴宅停尸，阳宅供送灵人住宿。

这一天，凤姐协办宁国府秦可卿的丧事，族中人全在铁槛寺下榻，唯有她觉得不方便，早派人与馒头庵的净虚说定了，等安排妥杂务，就过去歇息。

这馒头庵离铁槛寺不远，原是家庵，名叫水月庵，因为庵里的馒头做得好，就起了这个诨号①。

庵中的老尼净虚听说凤姐要来，早早准备好房间，恭候在门口了。等凤姐身边的随从走开后，净虚就凑上前说："我正有一事要去求太太，今儿奶奶来了，就先跟奶奶说说，请奶奶帮个忙吧。"

凤姐问她有什么事，净虚就把事情的来龙去脉说了一遍。

原来，净虚在长安县内善才庵出家时，当地姓张的大财主有个女儿，小名叫金哥，每年都来庵里进香。有一次，在庵内遇到了长安府太爷的小舅子李衙内。李衙内看到金哥美貌，回家后便

---

①诨(hùn)号：外号。

派人去求亲，要娶金哥为妻。但金哥早已与原任长安守备的公子定了亲，受了聘礼，两人互相爱慕，即将择日成婚。张家想要退亲，又怕守备不依，只得告知来求亲的人，说女儿已有了人家。谁知李衙内执意不肯，仗着自己有权有势，一定要娶金哥。张家一时没了主意，正在为难之时，没想到守备家得到了消息，也不分青红皂白，便上门来辱骂，责问他一个女儿要许几家，不许他家退婚，还打起了官司。张家财主恼羞成怒，不管女儿的意愿，赌气要打赢这场官司，退还定礼，于是派人进京城来找门路。过去张家经常去善才庵烧香，与净虚相熟，因而也找了她。

凤姐弄权铁槛寺

老尼说完事情的经过后，接着又说："我想如今长安节度云老爷与府上最熟，想求太太和老爷说句话，写封信给云老爷，求他与守备说一声，不怕那守备不依。这件事若能办成，张家表示愿意全家孝敬府上。"

凤姐听了笑着说："这事倒不大，只是太太不再管这种事了。"

老尼说："太太不管，就请奶奶做主了。"

凤姐说："我又不等银子使，也不管这种事。"

老尼听了，觉得毫无希望了，沉思了半天，叹了口气说："虽说如此，可是张家知道我来求过府上了，如今府上不管这事，张家不知道你们是没工夫管，不稀罕他的谢礼，还以为府上连这点能耐都没有。"

凤姐听了这话，不禁来了兴头，对老尼说："你是知道我的，我从来不信什么阴司①地狱报应的，不管什么事，说干就干，你叫张家拿三千两银子来，我就替他出这口气。"

老尼听了，喜不自禁，忙说："有，有，这个不难。"

凤姐又说："我可不是贪图银子，这三千两银子，不过是打发仆人做盘缠，让他们赚几个辛苦钱。我是一个钱也不要的。别说三千两，就是三万两，我现在也拿得出来。"

老尼连忙附和(hè)，又说："既然如此，明天就劳驾奶奶开恩了。"

凤姐说："你瞧我忙的，哪一处少得了我？既然答应了你，自然会尽快了结的。"

老尼忙赔笑道："是啊是啊。这事要是放在别人手里，不知道要忙成个什么样子了。放在奶奶身上，即便再添上一些，也是小事一桩，也不够奶奶一发挥的。不过俗话说'能者多劳'，太太见奶奶把大小事都处理得这般妥帖，才会越性都推给奶奶，奶奶也要保重金体才是。"

几句话说得凤姐心里美滋滋的，她也不顾劳乏，便与老尼攀

---

①阴司：即阴间。

谈起来。

第二天，凤姐悄悄把这事交给来旺儿去办。来旺儿心里明白，按凤姐的意思，急忙进城找人代写书信一封，连夜送去长安，以贾琏的名义，请长安节度云光出面周旋。

云光一直与贾府关系密切，这点小事怎么会不答应？当下给了回书。

守备惧怕云光的权势，只好忍气吞声地收回了定礼。谁知那张家虽然爱势贪财，却养了一个知义多情的女儿，她听说父母退了亲，便用一根麻绳悄悄地自缢了。那守备之子也是一个极多情的男儿，听说金哥自缢身亡，也投河自尽了。张、李两家都是人财两空，可凤姐却坐享了三千两银子，贾政和王夫人等一点儿也不知道。

自此之后，凤姐胆子越来越壮，一遇上这类事，她便恣意①地作为起来。

①恣(zì)意：任意，任性。

⑩ 意绵绵静日玉生香

自从林黛玉进了贾府，贾母就将她和宝玉安排在自己身边，宝、黛二人昼则同行，夜则同息，可谓青梅竹马，两小无猜。

那天，黛玉一个人在床上睡午觉，屋子里静悄悄的，丫鬟们都出去了。宝玉揭开帘子走进来，便上去推她："好妹妹，才吃了饭又睡！"

意绵绵静日玉生香

黛玉知道是宝玉，眼也没睁，说："你且别处去闹会儿再来。"

宝玉推她道："叫我往哪里去呢？见了别人怪腻味的。"

黛玉听了，嗤的一声笑道："你既要在这里，就去那边老老实实坐着，咱们说说话儿。"

宝玉说："我也歪

着。”黛玉说：“那你就歪着。”宝玉又说：“我没枕头，咱俩合一个吧。”黛玉说：“去去！外边不是有枕头？自己拿去。”

宝玉走到外间一转，回来笑道：“那个枕头谁知是哪个脏老婆子枕过的？”

黛玉这才睁开眼，起身笑道：“你真是我命中的‘天魔星①’，那就枕这一个吧。”说着，就将自己的枕头推了过去，两个人面对面躺下说话。

宝玉只闻到一股幽香从黛玉衣袖中发出，闻之醉魂酥骨，宝玉便将黛玉衣袖扯住，要看看袖内笼着何物，说：“这香的气味奇怪。”

“难道我也有什么‘罗汉’‘真人’给的奇香不成？就是得了奇香，也没有亲哥哥、亲弟弟弄了花儿、朵儿、雪儿替我炮(páo)制……”

宝玉笑道：“凡我说一句，你就拉上这些。不给你个厉害瞧瞧，你就不知道。”说着翻身起来，将两只手呵了两口气，便伸向黛玉的胳(gā)肢窝内乱挠，黛玉笑得喘不过气来，告饶说：“我再不敢了。”

宝玉道：“饶你不难，只把袖子给我闻闻。”说着便拉了袖子，闻个不停。黛玉夺了手道：“你该走了。”宝玉笑道：“别赶我，咱们斯斯文文地躺着说说话吧。”说着又躺下了。黛玉也躺下了，用绢子盖脸上。宝玉有一搭没一搭地说起鬼话。黛玉只是不理。

①天魔星：在中国古代星命学中，天魔星是最凶险的恶星之一，预示着大难来临。

宝玉只怕她睡出病来，便哄她说：“哎哟！你们扬州衙门里有一个大故事，你可知道?”黛玉问：“什么故事?”

宝玉见问，便忍着笑顺口编了下去：“扬州有一座黛山，山上有个林子洞。”

黛玉笑着说：“你又扯谎了，从来没听说有这座山。”宝玉说：“天下山水多着呢，你哪能都知道。等我说完了，你再批评不迟。”

宝玉又诌(zhōu)道：“林子洞里原来有群老鼠精。有一年腊月初七，鼠王说：‘明天就是腊月初八①了，世上人都要烧腊八粥。如今我们洞中果品不足，须趁此机会打劫些来才好。’于是，鼠王拔令箭一支，派了一名能干的小将前去打探。过了一会儿，小将来禀报：‘各方察访打听已毕，唯有山下庙里果米最多。’鼠王问：‘米有几样？果有几品?’小将说：‘米豆成仓，多不胜数。果品有五种：红枣、栗子、花生、菱角和香芋。’鼠王听了大喜，拔令箭一支，问：‘谁去偷米?’一员小将接令前去。‘谁去偷豆?’又一员小将接令去了。最后只剩下了香芋一种，鼠王又拔令箭一支，问：‘谁去偷香芋?’只见一只极小极弱的小鼠应道：‘我愿去偷香芋。’鼠王和众鼠们见他这样弱小和怯懦(qiè nuò)无力，都不准他去。小鼠说：‘我虽年小身弱，却是法术无边，口齿伶俐，机谋深远。此去定比他们偷得要巧妙。’众鼠忙问：‘如何比他们巧呢?’小鼠说：‘我不学他们去直偷，我只摇身一

①腊月初八：即农历十二月(腊月)初八日，是我国传统节日腊八节。古人有祭祀祖先和神灵、祈求丰收吉祥的传统，一些地区有喝腊八粥的习俗。相传这一天还是佛祖释迦牟尼成道之日，所以也是佛教盛大的节日之一。

变，变成个香芋，滚在香芋堆里让人看不见，听不见，却暗暗地用分身法搬运，渐渐地就搬运完，这样岂不比直偷硬取要巧？'众鼠们听了说：'妙是妙，只是不知怎么个变法，你先变个让我们瞧瞧。'小鼠听了说：'这个不难，等我变来。'说完，说声'变'，竟摇身变成了一个标致美貌的小姐。众鼠们笑着说：'变错了，变错了，说好是变果子的，怎么变出个小姐来？'小鼠现形后笑着说：'我说你们都没见过世面，只认得这果子是香芋，却不知御史老爷的小姐才是真正的香玉呢。'"

黛玉听了，翻身起来，按住宝玉说："你这烂了嘴的，我就知道你是在编①我呢。"

宝玉连连求饶："好妹妹，饶了我吧，我再不敢了。我因为闻到你香，就想起这个故事来。"黛玉笑道："骂了人，还说是典故呢。"

两人说说笑笑，亲密无间。

①编：编派，背地里捏造或形容别人的行动、状态，作为讥讽。

⑪ 看戏文宝玉悟禅机

一天，王熙凤问贾琏："二十一日是薛妹妹生日，你说该怎么过？"贾琏说："这么点小事也问我！你再大的生日都料理过了，这会儿倒没主意了？"凤姐说："大生日都有一定的规矩，如今她这生日，不大又不小，所以要和你商量。"贾琏想了一会儿说："你怎么糊涂啦！前有先例，往年怎样给林妹妹过生日的，这次照林妹妹的样不就是了？"

凤姐听了冷笑着说："我难道连这点儿也不知道？原来也是这样想的。昨天老太太问起大家的年纪生日，听说薛妹妹今年十五岁，虽不是整生日，可也是个及笄[1]之年。老太太说要给她做生日，若如此，自然要与林妹妹的不同了。"

贾琏说："既然如此，就比林妹妹多增些内容吧！"凤姐说："我也这么想，所以先与你商量。不然，我自作主张，你又要说我事先没告知你了。"

贾琏笑着说："好了，好了，你这空头人情我不领，你不要来盘查我就够了，我还怪你？"说着，就出去了。

贾母见宝钗稳重和气，非常喜欢，便自己拿出二十两银子，

①及笄(jī)：指女子十五岁。古代女子十五岁时将头发绾(wǎn)起，戴上簪子，表示已经成年。笄，束发用的簪子。

交给凤姐，要她去准备酒宴和戏。凤姐为讨老太太喜欢，就笑着说：“一个老祖宗给孩子们做生日，不管怎么着，谁还敢争？又办什么酒戏？只找出这霉烂的二十两银子来做东道主①，这不是叫我赔上不成？你老果真拿不出来也罢了，金的、银的、圆的、扁的，压塌了箱子底。老祖宗，在座的谁不是你的儿女，难道将来只有宝兄弟一人顶了你老人家上五台山②不成？这些金银财宝都留给他一个人！你可也别太苦了我们，这二十两银子，够酒钱还是够戏钱呢？”

王熙凤这一席话，说得满屋子人都笑了起来。贾母也笑着说：“你们听听她这张嘴，我也算是个会说的了，怎么就说不过这猴儿。你婆婆也不敢和我犟（jiàng）嘴，你倒敢和我说这么多。”凤姐笑着说：“我婆婆也一样疼宝玉，我没地方可去诉说。”说着，又引贾母笑了一阵。这一天，贾母十分高兴。

到了晚上，贾母问宝钗爱看什么戏，爱吃什么菜。宝钗深知老太太喜欢看热闹的戏，爱吃甜烂的食物，便按贾母喜欢的说了一遍。这下贾母更加喜欢了。

二十一日那天，在贾母内院搭起了小巧的戏台，摆了几桌酒席，只有薛姨妈、史湘云和薛宝钗几个客人，其余都是自己人。

这一日早起，宝玉不见黛玉，就到她房中去找。只见黛玉斜靠在床上。宝玉笑着说：“快起来吃饭去，戏就要开演了，你爱看哪一出戏，我好给你点。”黛玉说：“你既这么说，就再去请一

---

①东道主：泛指接待或宴客的主人。 ②顶了你老人家上五台山：出殡时，主丧的“孝子”在灵前领路，叫作“顶丧驾灵”。这里的“顶”就是顶丧的意思，五台山是佛教圣地，不敢直说到墓地，所以用到五台山成佛来比喻。

班戏子来，专拣我爱听的唱，这会儿犯不着去沾人家的光。”宝玉说：“这有什么难的，明天就去叫一班来，也叫她们借咱们的光。”一面说，一面拉着她的手往外走。

吃了饭，开始点戏。贾母要宝钗先点，宝钗推让了一番后，点了一出《西游记》，王熙凤点了一出《刘二当衣》①，这两出戏都是贾母最喜欢看的。

贾母要黛玉点戏时，黛玉推让着请邢夫人、王夫人先点。贾母说：“今天是我特意带你们来取乐的，咱们只管点咱们的，别管她们。我今天唱戏摆酒，又不是为了她们。她们在这里白听白吃，已经占便宜了，还让她们点戏！”说得大家都笑了。接着，黛玉、宝玉、史湘云、迎春、探春、惜春等都点了戏。

上酒席时，贾母又要宝钗先点戏。宝钗点了一出《山门》②。宝玉说：“宝姐姐就爱点这些热闹戏，我不爱看。”宝钗说：“这出戏的唱词极妙。”宝玉听她这么说，就央求道：“好姐姐，那就念给我听听。”宝钗念了其中的一首《寄生草》：

> 漫揾(wèn)英雄泪，相离处士家。谢慈悲，剃度在莲台下。没缘法，转眼分离乍。赤条条来去无牵挂。那里讨烟蓑(suō)雨笠卷单行，一任俺芒鞋破钵随缘化！

宝玉听了，高兴得拍膝而起，称赞宝钗无书不通。黛玉把嘴

---

①《刘二当(dàng)衣》：原出于明传奇《裴度香山还带记》第十三出《刘二勒债》。写清贫书生裴度（刘二的姐夫）因赶考没有盘缠，就拿旧衣物去刘二当铺典当。刘二因去年姐姐所当的首饰利息还未付清，竟扣下衣物作为补偿。②《山门》：是演鲁智深在五台山出家后醉打山门的故事。

看戏文宝玉悟禅机

一撇说："安静点看戏吧。还没唱《山门》，你就《妆疯》[①] 了。"

贾母十分喜爱唱小旦和演小丑的两个戏子，就叫人把她们带进来。那小旦才十一岁，小丑才九岁，贾母看了觉得很可怜，令人拿了一些果肉给她俩，还另赏了两串钱。

凤姐说："这孩子活像一个人，你们看不出来？"宝钗、宝玉都看出来像黛玉，只是不肯说。史湘云心直口快，便说："我知道，很像林妹妹的模样儿……"宝玉见她还要说下去，忙瞅了她一眼。听了这话，众人留神细看，都笑着说："果然像！"大家说说笑笑，不久各自回房了。

---

①《妆疯》：是演唐尉(yù)迟敬德装疯的剧名。黛玉用此戏名讽刺宝玉。

宝玉来看黛玉，刚进门槛，黛玉就把他推出来，关上了门。宝玉不解其意，在窗外叫："林妹妹，林妹妹！"黛玉总不理他。宝玉只是呆呆地站着，没一点响动。黛玉以为他已经走了，便起来开门，见宝玉还站在那里，只好让他进来，自己抽身上床躺下。

宝玉说："凡事都有个缘故，说出来，人也不委屈。好好的就恼了，总有什么原因吧？"

黛玉冷笑着说："这还用问我？拿我比作唱戏的，我是给你们取笑的？"

宝玉说："我没有比你，也没有笑你，你为什么要恼我？"

黛玉说："你还要比？你还要笑？你不比不笑，比人家比了笑了的还要厉害呢！你为什么给云儿使眼色？你安的是什么心？"

宝玉这才知道，原来是自己怕她们两人生气，便在中间调停，不料自己反而两面受气。宝玉越想越没趣，就一言不发地赌气走了。黛玉见他要走，就说："这一去，一辈子也别再回来，也别再来说话！"

宝玉真生气了，头也不回地回房躺下了。先是发呆，后是流泪，最后伤心得大哭起来，一时心血来潮，提笔写了一首偈子①：

你证我证，心证意证。

是无有证，斯可云证。

无可云证，是立足境。

①偈(jì)子：佛经中的唱词。

宝玉写完，又怕人看不懂，就填了一首《寄生草》，抄在偈后。写完，自己重读一遍，很有点得意。笔一放，就睡着了。

哪知黛玉不放心赌气而去的宝玉，不一会儿便以看袭人为由来察看动静。见他已睡下，就打算回去，袭人叫住她，把那首偈子拿给她看。黛玉看后觉得可笑可叹，便带回房去与湘云同看，第二天还拿给宝钗看。只见上头写道：

无我原非你，从他不解伊。肆行无碍凭来去。茫茫着甚悲愁喜，纷纷说甚亲疏密。从前碌碌却因何？到如今，回头试想真无趣！

大家读毕，都笑话宝玉，写这些似是而非的东西，不懂装懂。宝钗笑道：“看来都是我昨日的曲子惹出来的，明儿真说起疯话来，我不成了罪魁？”说完就把那张纸撕了。只是黛玉说不该撕，拉着宝钗和湘云来见宝玉。

一进门，黛玉就笑问：“宝玉，我问你，至贵者‘宝’，至坚者‘玉’。你有何贵？你有何坚？”宝玉竟不能答。三人拍手笑道：“这样愚钝，还参禅呢！”

黛玉又道：“你那偈末说‘无可云证，是立足境’，我倒认为还得加两句：‘无立足境，方是干净。’”

宝钗在一旁说：“这才叫悟彻。”于是就说了一个佛教禅宗创立者南宗六祖惠能的故事：

相传，南天竺人菩提达摩于五世纪初来中国传播禅法，建立了早期的禅宗，被推为禅宗东土始祖。到了五祖弘忍欲求禅宗继承人时，他命令所有的徒弟都各出一偈，选上乘者为衣钵传人。

上座神秀是个博学的和尚，地位仅次于弘忍，略加思索后说道："身是菩提树，心如明镜台。时时勤拂拭，莫使有尘埃。"

当时惠能还是一个厨房里的杂役，正在捣米，听了就叹道："美则美矣，了则未了。"于是自己就随口念了一首："菩提本非树，明镜亦非台。本来无一物，何处染尘埃？"

五祖弘忍听到后，便将衣钵传给了这个机锋暗藏、"棋高一着"的烧火和尚惠能。

宝玉信笔写来的时候还自鸣得意，不料黛玉一问，便问得他哑了口。宝钗的故事更叫他自愧不如。他略显尴尬地说："谁又参禅？不过一时玩儿罢了。"说着说着，四人和好如初了。

⑫ 宝黛花下读《西厢》[1]

贾元春回宫后，自编了大观园题咏。有一日，她忽然想起大观园景致，自己游幸过之后，贾政必定会封锁起来，不让人进去，这样年深日久，岂不寥落？况且家中现有几个能诗会赋的姐妹，何不命她们进去住，也不使佳人落魄，花柳无颜。于是命太监到荣国府下一道谕，命宝钗等只管在园中居住，命宝玉也搬入园中读书。

贾政接谕后，立即派人进园去收拾打扫。宝玉听到这消息，高兴得跳了起来。这时忽听丫鬟来传："老爷叫宝玉去。"宝玉听了，好似晴天惊雷，吓得他不敢去见。贾母安慰他："你只管去，有我呢，他不敢委屈了你。"宝玉只得前去，一步挪不了三寸，随丫鬟来到这边。贾政一举目，见宝玉站在面前，就说："娘娘吩咐，你天天在外头嬉游，不好好读书，现在让你住进大观园去，同姐妹们一起用心读书写字。如再不安分，你可当心！"宝玉连连答应。

宝玉回到贾母跟前，说明原委，见黛玉也在，便问道："你

①《西厢》：即元代王实甫创作的戏剧《西厢记》，剧中主要描写男女主角张君瑞和崔莺莺的爱情故事。该书在当时被视为禁书，《红楼梦》第四十二回中，宝钗就说《西厢记》是"杂书"，会"移了性情"。

喜欢住哪一处?”黛玉心里正盘算着这事，见宝玉问她，便笑着说：“我心里想着潇湘馆，爱那几竿竹子隐着一道曲栏，比别处更幽静。”宝玉听了拍手笑道：“这正和我的主意一样。我就住在怡红院，咱们两个又近又清静。”

经过商议，宝钗住了蘅芜苑，黛玉住了潇湘馆，迎春住了缀锦楼，探春住了秋爽斋，惜春住了蓼(liǎo)风轩，李纨住了稻香村，宝玉住进了怡红院。

宝玉住进怡红院以后，心满意足，每天只和姐妹们作画吟诗，弹琴下棋，倒也十分快乐。谁知静中生烦恼，没过多久宝玉就不自在起来，觉得这也不好，那也不好，心中总是闷闷的。书童茗烟见他终日不开心，左思右想，觉得只有这件是宝玉不曾见过的，于是就从外面书坊里买了一些古今小说和赵飞燕、武则天、杨贵妃的“外传”，以及一些传奇故事，给宝玉看。宝玉何曾见过这些书，一见如获珍宝，把这些书都藏了起来，只拣了几套放在床顶上，无人时就拿出来阅读。

一天早饭后，宝玉拿了一本《西厢记》，来到沁芳闸桥边桃花树下的石块上坐下，展开细读。忽听背后有人说：“你在这里做什么?”宝玉回头一看，是黛玉。她肩上扛着花锄，锄上挂着纱囊，手里拿着花帚。宝玉说：“好，好，把这些花扫起来，撂(liào)到这水中去。”黛玉说：“撂到水中不好，你别看这里的水干净，只要一流出去，有人家的地方就会倒脏东西，还是把花糟蹋了。那角落上我有一个花冢①，如今把它扫了，装在这绢袋里，

①冢(zhǒng)：坟墓。

《西厢记》 妙词通戏语

用土埋了，天长日久化为泥土，岂不干净？”

宝玉听了，喜不自禁，笑着说：“等我放了书，帮你收拾。”黛玉问：“什么书？”宝玉见问，慌忙间来不及收藏，便说：“不过是《中庸》《大学》①。”黛玉笑着说：“你又在我跟前弄鬼了，还不如早点儿拿出来给我瞧瞧。”“好妹妹，你看，我是不怕的，只是千万别告诉别人。这真是一本好书，你要是看了，连饭也不想吃呢。”宝玉一边说，一边把书递了过去。黛玉放下花具，接过书，从头读来，越看越爱看，不到半顿饭工夫，已将书看完，自觉词句警人，余香满口，虽已看完了书，却只管出神。

宝玉笑着问：“妹妹，你说好不好？”黛玉笑着说：“果然有趣。”宝玉说：“我就是那个‘多愁多病身’的张生，你就是那个‘倾国倾城貌’的莺莺。”林黛玉听了，不觉连耳带腮一片通红，竖起两道似蹙非蹙的眉，瞪着两只似睁非睁的眼，指着宝玉说：“你这该死的，胡说！你拿这些淫词艳曲来欺侮我，我告诉舅舅、

①《中庸》《大学》：都是儒家学说经典论著，是古代学校官定的教科书和科举考试的必读书。

舅母去。”说完转身就走。

宝玉急了，忙拦住说：“好妹妹，千万饶了我这一回。我若是有心欺侮你，明日叫我掉在池子里，变成一只大乌龟，等你做了‘一品夫人’病老归西的时候，我在你坟前替你驮一辈子的石碑。”说得林黛玉“扑嗤”一声笑了，一边揉眼睛，一边笑着说：“瞧你吓成这个样子，没胆量还胡说。原来也是个‘银样蜡枪头’①。”

宝玉听了说：“你不是也用书中的话来骂我么，我也告你去。”黛玉说：“你说你会过目不忘，难道我就不能一目十行吗？”

宝玉一面收起书，一面笑着说：“还是把花埋了吧，别提那个了。”两人便开始收拾落花。这时，袭人来叫宝玉，说是大老爷贾赦身体不好，太太要他过去请安。

宝玉走后，黛玉心里闷闷的，就信步来到梨香院墙角边，只听墙内笛声悠扬，歌声婉转，便知是那十二个女孩子正在演习戏文：“原来姹紫嫣红开遍，似这般，都付与断井颓垣。”黛玉便止住步侧耳细听。又唱道：“良辰美景奈何天，赏心乐事谁家院……”当听到“则为你如花美眷，似水流年”这两句时②，不觉心动神摇，如醉如痴，站立不住，便蹲身坐在一块山石上，细细品味“如花美眷，似水流年”这八个字的滋味。忽又想起古诗中有“水流花谢两无情”的句子，词中有“流水落花春去也，天上人间”的句子，方才所见《西厢记》中又有“花落水流红，闲愁万种”的句子，想到自己的青春像落花流水一样匆匆流逝，不由得心痛神驰，眼中落泪。

---

①银样蜡枪头：比喻中看不中用。 ②“原来姹紫嫣红”等句：出自明代大曲家汤显祖的《牡丹亭》。

⑬ 埋香冢黛玉葬花

这日，宝玉被贾政叫去，一整天了还没有回来，令黛玉心中很是忧虑。到了晚饭后，宝玉才回来。黛玉便去怡红院看他，只见院门紧闭，她就用手敲门。

谁知晴雯刚与碧痕拌了嘴，没好气，忽听有人敲门，也不问是谁，便说："都睡下了，明天再来吧。"黛玉以为丫鬟们没有听出她的声音，就高声说道："是我呀，还不开门？"偏偏晴雯还没有听出来，使着性子说："凭你是谁，二爷吩咐的，一概不许放人进来。"

黛玉听了，气得愣在那里，待要高声质问，便想到虽说舅母家如同自己家一样，可到底总还是客居在他人家里。如今父母双亡，无依无靠，要是当真去怄气①，也没大意思。一面想，一面滚下了泪珠。

正在回去不是，站着也不是的两难之时，只听里面传来一阵笑语声，细细一听，是宝玉和宝钗两人。黛玉又气又悲，也不顾苍苔露冷，花径风寒，独自站在花荫下，悲悲戚戚地呜咽起来。回到房中，倚着床栏杆，两手抱膝，眼含泪花，好似木雕泥塑一

①怄(òu)气：闹别扭，生闷气。

般，一直坐到二更才睡下。

第二天是芒种节①。古代风俗，在这一天要摆上各种礼品，祭饯花神，大观园中更兴这种风俗，所以园子里一早就热闹起来，女孩子们用花瓣、柳枝编成轿马，用绫纱制成旗子，然后用彩线系在树枝花朵上，满园绣带飘摇，花枝招展。宝钗、迎春、探春、惜春、李纨、凤姐、香菱和众丫鬟们都在园内尽情玩耍，只是不见黛玉。

迎春说："怎么不见林妹妹，好个懒丫头，难道还在睡觉?"宝钗说："你们等着，我去叫林姑娘来。"说着就往潇湘馆而去。忽然抬头望见宝玉进去了，她想："他俩在一起不避嫌疑，喜怒无常，黛玉又爱耍小性子，此刻自己也跟着进去，一则宝玉不便，二则黛玉嫌疑，还是回去为妙。"想毕就抽身而回。

林黛玉因夜里失眠，早上起来迟了，听说众姐妹都在园中送花神，怕别人笑她懒，匆匆梳洗后就出来了。刚到院中，只见宝玉走进门来，笑着说："好妹妹，你昨天告了我没有？害得我一夜提心吊胆。"黛玉却不理他，吩咐紫鹃几句，就往外走。宝玉心里纳闷，不知什么地方又冲撞她了，一面想，一面随后追了来。

宝玉见众姐妹都在这儿，就互相说笑起来，一回头不见了黛玉，低头沉思，看见凤仙花、石榴花落了一地，就把花捡了起来，登山渡水，过树穿花，直奔那日同黛玉一起葬花的地方。快到花冢，就听到山坡那边有人哭泣，一边哽咽，一边数落着，好

①芒种节：二十四节气中的第九个节气，在6月5、6或7日。

不伤心。宝玉还以为是哪房丫头受了委屈，跑到这里来哭，就停住脚步细听，只听那人哭道：

花谢花飞花满天，红消香断有谁怜？
游丝软系飘春榭，落絮轻沾扑绣帘。
闺中女儿惜春暮，愁绪满怀无释处。
手把花锄出绣帘，忍踏落花来复去。
柳丝榆荚自芳菲，不管桃飘与李飞。
桃李明年能再发，明年闺中知有谁？
……
一年三百六十日，风刀霜剑严相逼；
明媚鲜妍能几时，一朝飘泊难寻觅。
……
昨宵庭外悲歌发，知是花魂与鸟魂？
花魂鸟魂总难留，鸟自无言花自羞。
愿奴胁下生双翼，随花飞到天尽头。
天尽头，何处有香丘？
未若锦囊收艳骨，一抔①净土掩风流。
质本洁来还洁去，强于污淖陷渠沟。
尔今死去侬收葬，未卜侬身何日丧。
侬今葬花人笑痴，他年葬侬知是谁？
试看春残花渐落，便是红颜老死时。
一朝春尽红颜老，花落人亡两不知！

①抔（póu）：量词，把，捧。

宝玉听了，十分伤感，特别是听到“侬今葬花人笑痴，他年葬侬知是谁”，“一朝春尽红颜老，花落人亡两不知”这几句时，悲伤得倒在山坡上呜咽，怀中的花撒了一地。

埋香冢飞燕泣残红

黛玉正在自我伤感，忽听山坡上有人在哭，抬头一看，见是宝玉，便说：“啐(cuì)！我道是谁，原来是这个狠心短命……”刚说到“短命”二字，又把嘴掩住，长叹一声，抽身便走了。

宝玉哭了一回，抬头一看，不见了黛玉，便知是黛玉有意躲开了，自觉无趣，就往怡红院走去。刚巧看见黛玉就在前面，忙过去说：“你且站住，我只说一句话，从今后撂开手。”

黛玉听了这话，才站住说：“只一句话，那就说吧。”宝玉笑着说：“说两句，你听不听？”黛玉回头就走。

宝玉叹息道：“既有今日，何必当初！”黛玉听了忙问：“当初怎样？今日怎样？”宝玉叹道：“当初姑娘来了，每天都是我陪着一起玩，我心爱的东西，只要姑娘要，就拿去；我爱吃的，听说姑娘也爱吃，就连忙藏起来等姑娘来吃；丫头们没想到的，我怕姑娘生气，我替丫头们想到了。我只想姐妹们一起长大，亲也罢，热也罢，能和和气气就好了。谁知姑娘人大心大，一点儿也不把我放在眼睛里了，三日不理四日不见。谁知我是白操了这个心，到如今有冤也无处去诉。”说着不觉流下泪来。

黛玉听了这些话，不觉也落下泪来，低头不语。宝玉走上前去，苦苦诉说自己的衷情。黛玉说：“你既这么说，昨天我去时，为什么不叫丫头开门？”

宝玉惊诧道：“这话从何说起？我要是这样，立刻就死。”黛玉道：“大清早就死呀活呀的，也不忌讳。你说有就有，没有就没有，发什么誓呢！”

宝玉说：“实在没有看到你，只是宝姐姐坐了一坐，就出去了。”黛玉想了一想，笑道：“想必是你的丫头懒得开门。”宝玉说：“可能是吧，等我回去后教训教训她们。”黛玉说：“你的那些姑娘们是该教训教训了。今天得罪我的事小，倘若明天什么宝姑娘、贝姑娘来了，也得罪了，事情岂不大了？”黛玉一边说一边抿着嘴笑。

宝玉听了，又是咬牙，又是笑，对她一点儿办法也没有。

⑭ 不肖种种宝玉挨打

夏天的一个午后，宝玉倒背着手到处闲逛，来到王夫人房里，只见几个丫鬟一边做针线一边在打瞌睡，王夫人在凉榻上睡着，丫鬟金钏儿在旁边给她捶腿，也乜斜着眼昏昏欲睡。宝玉轻轻走过去，把她的耳坠子摘了下来。

金钏儿睁开眼见是宝玉，就抿嘴一笑，摆摆手，叫他出去，仍合上了眼。

宝玉见了她，就有点恋恋不舍，探头看看母亲，像是睡着了，便从身边的荷包里掏出香雪润津丹，向金钏儿的嘴里一送，又拉着她的手，悄悄地笑着说："我明日向太太讨你做我的丫鬟，咱们在一起吧。"金钏儿没有回答。宝玉说："要不，等太太醒了我就讨。"

金钏儿睁开眼，把宝玉一推，笑着说："你忙什么？'金簪子掉在井里，是你的自然还是你的'，连这句话你都不懂吗？"

宝玉刚要说话，只见王夫人猛的翻身起来，顺手就给金钏儿一巴掌，骂道："下流的小娼妇，好好的爷们都给你们教坏了。"吓得宝玉一溜烟地跑了。

金钏儿的半个脸被打得火辣辣的，一声也不敢响。这时丫鬟们都惊醒了，忙走了进来。王夫人对金钏儿的妹妹玉钏儿说：

含耻辱情烈死金钏

“去把你妈叫来，把你姐姐领走!”

金钏儿听说忙跪着求饶，但是王夫人铁了心，还是把她撵走了。金钏儿回到家里，整日哭天抹泪的，一时想不通，投井自尽了。

这事在贾府传开了，宝玉听说后如万箭穿心，茫然不知所措，一面低头感叹，一面慢慢地走着，不料与对面来的人撞了个满怀。只听得一声吆喝：“站住!”

宝玉吓了一跳，抬头一看，不是别人，正是他平日最怕见的父亲！宝玉不觉倒吸一口冷气，只得垂手在一旁站着。贾政板着脸说：“好端端的，你垂头丧气干什么？刚才贾雨村来了，要见你，你好半天才出来，没一点儿精神！这会儿又唉声叹气，你说说，你还有什么不满足?”

宝玉一心想着金钏儿之事，恨不得此时身亡命殒(yǔn)，跟了金钏儿去，哪里听得见父亲的话，只是一味地站着发呆。

贾政见状，就来了气，刚要说话，忽听门子来报：“忠顺亲王府里来人，要见老爷。”贾政心下疑惑，平日没有往来，怎么今天会打发人来？

来者是忠顺府的长史官，说道：“下官奉命而来，有一事相求。我们府里有一个演小旦的戏子琪官，一向好好在府里，如今竟有三五日不见回去。我们四处察访，都说他正与令郎[1]宝玉来往密切，还望老大人能协助归还此人。”

贾政听了又惊又气，连忙叫出宝玉来问：“该死的奴才！你在家不读书也罢了，怎么又做出这些无法无天的事来！那琪官是忠顺王爷驾前承奉的人，你怎么敢把他引逗出来，如今祸及于我！”

宝玉听了吓一跳，忙说：“实在不知此事，也不知道谁叫琪官，说什么‘引逗’二字！”说着便哭了。

贾政未及开口，只听那长史官冷笑道：“公子不必掩饰，或隐藏在家，或知其下落，早说了出来，我们也少受些辛苦。”宝玉仍说不知，那长史官又说：“现有证据，何必抵赖！你如果不知道这个人，那条红汗巾子又怎么系在公子腰里呢？”宝玉听了不觉五雷轰顶。原来，那条红汗巾子正是琪官送的，他俩在薛蟠家中的酒宴上相识并结下友谊。宝玉心想：他连这样机密的事都知道了，别的事就更瞒不过去了，不如打发他去了，免得再扯出另外的事来，于是就把琪官在东郊的新住处告诉了那人。

贾政此时气得目瞪口呆，一面送那位长史官，一面回头怒道：“不许动！回来再和你算账。”

贾政回来的路上，忽见自己小老婆生的儿子贾环带着几个小

①令郎：敬辞，称对方的儿子。

断一阵乱跑，贾政喝道：“跑什么！”贾环见是父亲，吓得腿骨酥软，忙低头站住说：“那边井里淹死了一个丫鬟，实在可怕。”然后他狠狠地告了宝玉一状，说宝玉强奸金钏儿未遂……贾政气得面如黄纸，七窍喷烟，对手下人大喊：“拿宝玉！拿大棍，关上大门，如果有人出去报信，立即打死！”

众小厮们齐声答应前去拿宝玉。其实宝玉自从听得贾政一声“不许动”，就已知道凶多吉少了，哪里想到贾环又添了这么些坏话。他在厅上正急得团团转，偏偏找不到一个送信的人。这时只见一个老婆子走过，连忙拉住，说：“快进去通报，老爷要打我呢！快去快去！要紧要紧！”谁知这婆子是个聋子，把“要紧”听成了“跳井”，笑着说：“跳井让她跳去，二爷怕什么？”宝玉急得直跺脚。这时贾政的小厮走过来，逼宝玉走进书房。

不肖种种宝玉挨打

见到宝玉，贾政眼都红了，也不问问是否属实，便喝令：“堵起嘴来，往死里打！”小厮们不敢违抗，只得把宝玉按在凳子上，举起板子打了十来下。

贾政嫌打轻了，一脚踢开掌板的小厮，夺过板子，咬着牙，狠命打了三四十下，众人见打得太凶了，忙过来劝阻。贾政哪里肯听，说道："你们问问他干的勾当可饶不可饶！平常都是你们惯坏了他，到了这地步还有脸来劝？"

众人听了不敢再劝，忙退出来，让人去报信。王夫人知道后连忙赶来。贾政见夫人进房，如同火上浇油，那板子打得又快又猛。按着宝玉的两个小厮忙松了手走开，宝玉已经不能动弹。贾政还想打，被王夫人抱住了板子。贾政又去找绳子要勒死宝玉，王夫人忙抱住宝玉，哭着说："老爷虽然应当管教儿子，也要看在夫妻的分上，如今我已是快五十的人了，只有这个孽障。老爷若要勒死他，不如先勒死我，我们娘儿俩到了阴曹地府也能有个依靠。"

王夫人说完就趴在宝玉身上大哭起来。贾政听了此话不觉长叹一声，坐在椅子上泪如雨下。王夫人抱着宝玉，只见他面白气弱，衣服上血迹斑斑，解开一看，从屁股到大腿都皮开肉绽，不觉又失声大哭起来。想到早已死去的大儿子贾珠，便叫着贾珠的名哭道："若有你活着，就是死一百个我也不管了。"

这时，李纨、凤姐和迎春姐妹都赶来了。一听王夫人哭着贾珠的名字，李纨也禁不住放声大哭起来。贾政听了，泪珠像滚瓜一般滚了下来。忽听丫鬟来说"老太太来了"，一句话未了，只听窗外颤巍巍的声音说道："先打死我，再打死他，岂不干净！"

贾政见母亲来了，忙迎出来赔笑道："大热天的，母亲何必亲自出来，有话传儿子去见您才是。"贾母听了便止住步，喘息一会儿，连声说："我一生没养个好儿子，叫我和谁说去！"

贾政忙跪下说道："我教训儿子也是为了光宗耀祖，母亲这话，叫我做儿子的怎么受得起！"贾母啐了一口，说道："我说一句话你就受不了，你那样的死板子，宝玉难道就受得了?”说着就滚下泪来。

贾政又赔笑道：“母亲不必伤感，这都是我一时性起，从今以后我再不打他了。”

贾母冷笑道：“你的儿子，我也不该管你打不打。我猜想你是厌烦我们娘儿了，不如趁早离了你，大家干净!”说着就让人备车备马，要同王夫人、宝玉一起回南京老家去。贾政跪着苦苦哀求。

贾母一面说一面过去看宝玉，见今天这顿打不比往常，又心疼又生气，抱着宝玉哭个不停。王夫人与凤姐劝了好一会儿才渐渐止住。早有丫鬟、媳妇上来要搀宝玉，凤姐骂道：“糊涂东西，也不睁开眼瞧瞧！打成这个样儿，还能搀着走？还不快把那张藤屉春凳①抬出来!”众人连忙抬来春凳，把宝玉放在凳子上，跟随贾母抬至贾母房中。大家围上去给宝玉擦洗敷药，后又把宝玉抬到怡红院。忙乱了半天，众人才渐渐散去。

①春凳：指比较宽大的长条的凳子。

⑮ 两条旧帕寄深情

宝玉挨打以后，忙坏了大观园内外的人，探望的，送药的，劝说的，络绎不绝。宝玉被抬回怡红院，最先进来的是宝钗。她托着一丸药走来，对袭人交代完药丸的用法后就去看宝玉。宝玉虽是躺着，但精神已好多了，宝钗觉得心中宽慰了不少，说："早听人一句话，也不至于有今日。别说老太太、太太心疼，就是我们看了，心里也疼。"刚说了半句，自悔话说得太直了，不觉红了脸，低下头来。宝玉听了如此亲密的话，大有深意，心里顿觉大畅，早将疼痛抛之九霄云外，心想："我不过被打了几下，她们就一个个悲痛怜惜，假如我一时遭遇不测，不知她们是何等悲戚呢？"一时间，宝玉觉得疼痛减轻了不少。

宝钗走后，宝玉昏昏睡去，忽然见琪官走了进来，诉说忠顺王府捉拿他的事，又见金钏儿走来哭诉，忽然又觉得有人推他，恍恍惚惚听见有人哭泣，睁眼一看，不是别人，正是黛玉。他忙把身子欠了欠，只见黛玉的两眼肿得像两颗红桃，满脸泪痕。宝玉叹了口气，心疼地说："你何必又跑来，虽说现在太阳已落了，可地上的余热还没消散，小心中暑。我没事的，我是哄他们的。"

此时黛玉虽不是号啕大哭，但那种抽抽泣泣的哭声更让宝玉受不了。黛玉说："你就都改了吧！"宝玉长叹一声说："你别说这些话。我就是为他们死了，也是情愿的。”一语未了，只听外面在说“二奶奶来了”，黛玉知是凤姐到了，就连忙起身说：“我从后院走，回头再来。”宝玉一把拉住她说：“好端端的，怎么怕起她来了？”黛玉指指自己的眼睛，悄悄说道：“你瞧瞧，又该让她取笑了。”

黛玉三步两步转过床，出后院而去。

天色渐晚，袭人服侍宝玉喝了两口汤，见宝玉沉沉睡去，就出去向王夫人禀报了。袭人一走，宝玉忙悄悄对晴雯说：“快到林姑娘那里去看看她在做什么。她要问我，就说我好了。”

晴雯说：“平白无故地做什么去呢？或是送件东西，或是取件什么，不然我去了怎么搭讪①呢？”宝玉想了想，便伸手拿了两条手帕递给晴雯，笑着说道：“也好，你就说我叫你送这个给她。”

晴雯答道：“这又奇了。她要这两条半新不旧的手帕吗？她又要恼了，说你打趣她。”

宝玉说：“你放心，她自然知道的。”

晴雯听了，只得拿了手帕去潇湘馆。丫鬟春纤正在栏杆上晾手帕，见她进来，忙摆手说：“林姑娘已睡下了。”晴雯进去，只见屋内没一丝灯光，黛玉已躺在床上。这时黛玉听到响动，问是谁。晴雯连忙回答说：“我是晴雯。二爷叫我送手帕给姑娘。”

黛玉听了，觉得奇怪：“他为什么要送手帕来给我？”忙问：“这手帕是谁送他的？叫他留着送别人吧，我不需要这个。”

---

①搭讪(shàn)：为了跟人接近或把尴尬的局面敷衍(fū yǎn)过去而找话说。

晴雯说："不是新的，是两块旧手帕。"

林黛玉听了，越发感到奇怪了，细细思忖，才醒悟过来，忙说："放下，你回去吧！"晴雯听了，放下手帕，转身就走，一路思量，仍不解其意。

这时的林黛玉已体味到这手帕的意思了，不觉神魂驰荡：宝玉有这番苦心，实令我可喜；我这番苦心，不知将来如何，又令我可悲；忽然送两块手帕来，若不领会深意，单看这手帕，又令人可笑……如此左思右想，不由得余意缠绵，忙令人掌灯。她也不管嫌疑避讳，便在案上研墨蘸（zhàn）笔，信手在两块旧手帕上写道：

眼空蓄泪泪空垂，暗洒闲抛却为谁？
尺幅鲛绡①劳解赠，叫人焉得不伤悲！

抛珠滚玉只偷潸②，镇日③无心镇日闲。
枕上袖边难拂拭，任他点点与斑斑。

彩线难收面上珠，湘江旧迹已模糊。
窗前亦有千竿竹，不识香痕渍也无？

黛玉还要往下写，但觉得浑身火热，脸上发烧，走到镜台前一照，只见两腮通红，虚火攻心，只得上床歇息，手里还拿着手帕思索，却不知从此种下了病根。

---

①鲛绡（jiāo xiāo）：指手帕、丝巾。②潸（shān）：流泪。③镇日：整日，从早到晚。

⑯ 李纨自荐掌诗坛

李纨是贾珠之妻，婚后不久，贾珠病逝，幸存一子，取名贾兰，方五岁，已入学读书。

这李氏是金陵名宦之女，父李守中，曾为国子监祭酒，族中男女无不读书，但到李守中为族长之后，便谓“女子无才便是德”，故生了此女也不曾叫她十分认真读书，只不过读些“女四书①”、《列女传》②，认几个字，记得列朝列代那几个贤女便了。李纨青春丧偶，一直居于膏粱锦绣③之中，竟如“槁木死灰”一般，对世事一概不问不闻，唯知侍亲养子，闲时陪小姑等针黹(zhǐ)诵读而已。

那年清秋海棠花开，探春兴致勃勃地建议成立海棠诗社，黛玉、宝钗也情致盎然，李纨更是从未有过的兴头，说：“雅得紧！要起诗社，我自荐我掌坛。春天时，我原有这个意思，想了想，我又不会作诗，瞎乱些什么，因而也忘了，就没说得。既然三妹妹高兴，我就帮你们作兴起来。”

---

①女四书：中国封建社会对妇女进行教育所用的四本书的总称，包括《女诫》《内训》《女论语》《女范捷录》。②《列女传》：西汉儒家学者刘向所编，是一部介绍中国古代妇女事迹的传记性史书，所记载的故事多为歌颂古代妇女高尚品德、聪明才智以及反抗精神。③膏粱锦绣：形容富贵人家的奢华生活。膏粱，肥肉和细粮，指美味佳肴。锦绣，精致华丽的丝织品。

大观园的小姐们来了雅兴，扯上宝玉，偏要正经八百地立号建社。官宦之家的姑娘，原是琴棋诗画无所不能。贾府的女儿们，虽说不能与公子一样进学堂读书，却是一个个比男儿出色。就是像李纨这样粗通文墨之人也知书识礼，虽然灵性不如宝钗，作起诗来却也不逊于王孙公子。李纨自丧夫以来，如同霜下瓜秧，度日如年，不想一个诗社将她的热情唤醒，顿有几分豪情。黛玉道："既然要起诗社，咱们都是诗翁了，先把这些姐妹叔嫂的字样改了才不俗。"

海棠诗社社长李纨

李纨道："对。何不大家都起个别号，彼此称呼。我是定了'稻香老农'，再无人占。"

李纨居园内的稻香村，取"稻香老农"自是再恰当不过，俗中有雅，颇具陶渊明的恬淡之趣。宝钗住蘅芜苑，便得了个"蘅芜君"的诗号；黛玉住"潇湘馆"，大家送她"潇湘妃子"；宝玉因住怡红院，故别号"怡红公子"；探春别出心裁，自称"蕉下客"；迎春为"菱洲"；惜春为"藕榭"。

李纨自荐为诗社社长，亲定罚约，还提名迎春、惜春为副社长：一位出题限韵，一位誊(téng)录监场。诗社每月初二、十六两次开社，一旦拟定日期，风雨无阻，倘有兴致，可随时增加。

众人见社也成立了，规章也定了，又加这一天秋高气爽，正巧贾芸送了两盆白海棠来，当即就以海棠为题，以"门"为韵，每人赋七律一首。点一支三寸长的"梦甜香"，以香尽为限，若香尽未成者便要受罚。

一会儿，诗作都已写成。宝钗的一首为：

珍重芳姿昼掩门，自携手瓮灌苔盆。
胭脂洗出秋阶影，冰雪招来露砌魂。
淡极始知花更艳，愁多焉得玉无痕？
欲偿白帝凭清洁，不语婷婷日又昏。

李纨拍手称妙，笑道："到底是蘅芜君。"说罢又去看黛玉的：

半卷湘帘半掩门，碾冰为土玉为盆。

看了这句，宝玉先喝起彩来。等看到下句：

偷来梨蕊三分白，借得梅花一缕魂。

众人也齐声叫好，称"果然比别人又是一样心肠"。读完后李纨评论道："若论风流别致，自是潇湘妃子；若论含蓄深厚，终让蘅芜君。”

她看了宝玉一眼说：“怡红公子是压尾，你服也不服?”

“这评的最公。”宝玉笑着替黛玉打抱不平，“只是蘅、潇二首还要斟酌。”

李纨对宝玉说：“这原是依我评论，不与你们相干，再有多说者必罚。”宝玉只得作罢。

薛宝琴

众人称赞稻香老农虽不善作诗，却最善评诗。从前只知道李纨柔和，却不知道她也绵里藏针。

此后一个月内，接连开了几社，人员也增加了，有新社员史湘云、薛宝琴等，诗社红红火火。姑娘们的诗传到外面，深得好评。只是开社开得勤了，花费也大，姑娘们每人的月银就不够花了。李纨像个社长的样子，率领众姐妹去邀请凤姐加入诗社做“监社御史”，凤姐一听就笑道：“我又不会什么湿(诗)的干的，你们别哄我了，分明是叫我做个进钱的铜商!”

一席话说得大家抿嘴笑，李纨边笑边说：“你真是个水晶心肝玻璃人!”

“亏你是个大嫂子呢！”凤姐半真半假地数落李纨，说她每月封银二十两，加上园子地收租，一年统算有四五百两，即使拿出一二百两陪他们玩玩，又有何妨？若是换个人，早让凤辣子说得一阵脸白一阵脸红了，可是李纨却不，依然一脸笑容，不恼不怒，即使凤姐说她“你调唆她们来闹我”，她仍然笑着说：“你们听听，我说一句，她就疯了，这东西亏她托生在读书的大宦名门之家做小姐，若生在贫寒小户人家，还不知怎么贫嘴恶舌呢！天下人都被你算计了去。昨日还打平儿呢！亏你伸得出手来，气得我就是想替平儿打抱不平。你呀，给平儿拾鞋还不要呢！”

这夹刀夹枪的笑语，说得凤姐真有点儿挂不住脸。平儿是琏二爷的侍妾，更是凤姐的心腹，那一日为鲍二家的事，凤姐劈了平儿一巴掌，凤姐自己心里原也难受，今日被一点破，心里更难受了，于是凤姐只好鸣金收兵。李纨也见好就收，追问她：“我来问你，这诗社你到底管不管？”

凤姐笑道：“不就是花几个钱么？明日一早到任，下马拜了印，先放下五十两银子作东道。‘东道’也罢，‘监察’也罢，有了钱，你们还撵我出来？”

这话说得文绉绉的，小姐姑娘们再也忍不住了，笑作一团。出门的时候，探春对李纨说：“都说琏二奶奶厉害，我看再厉害也厉害不过你啊。”

这倒是句实话，偌大一个贾府，除了李纨，有谁能叫凤姐当面让步？

⑰ 刘姥姥醉卧怡红院

这年秋天，刘姥姥携着板儿二进荣国府，见过凤姐后，又去拜见贾母。贾母喜欢听她说乡下故事，就留他们住下，再热闹一天。那天早上，刘姥姥刚进稻香村，就见丫鬟们端上一个大盘子，里面放着各种颜色的菊花。贾母拣了一朵戴在自己头上，对刘姥姥说："过来戴花儿。"

一句话未完，凤姐便拉着刘姥姥笑道："今天我来打扮你。"说着，把一盘子的花横七竖八地插了她一头。贾母和众人笑得前仰后合。

刘姥姥也笑着说："我这头也不知修了什么福，今儿这样体面起来。"

众人笑道："刘姥姥，还不快拔下来摔在她脸上，看她把你打扮成老妖精啦！"

刘姥姥说："我虽老了，年轻时也风流过，爱个花儿粉儿的，今儿干脆来个老风流！"

说说笑笑间，众人已来到沁芳亭。贾母坐下，让刘姥姥坐在自己身边，问她："这园子好不好？"

刘姥姥念佛似的说道："我们乡下人到了年下，都上城来买画儿贴，闲了的时候，大家都说：怎么才能到画儿上去逛逛呢？

惜春

不过画儿总是画儿，哪里真有这样的地方呢？谁知我今儿进这园子一瞧，竟比那画儿还强十倍。要是有人照着画张画儿，我带回家去给他们瞧瞧，死了也得好处。”

贾母听了，指着惜春笑道：“你瞧我这小孙女，她就会画。等明儿让她画一张如何？”

刘姥姥听了，喜得跑过来拉着惜春说道：“我的姑娘，这么小年纪，又这么好模样，还这么能干，别是神仙托生的吧。”

这话说得贾母满心喜欢，有心带着她去各处见识见识。于是就先到黛玉住的潇湘馆。一进门，只见两边翠竹夹路，布满苍苔，中间一条石子铺成的羊肠小道。

刘姥姥让出路来给众人走，自己却走在苔滑的泥地上。丫鬟拉着她，劝她走上来，可她却说：“不相干的，我们走熟了的，姑娘们只管走好，小心你们的绣鞋，别沾脏了。”这话刚说罢，不防脚下一滑，“咕咚”一声跌倒。众人拍手哈哈地笑起来。刘姥姥自我解嘲道：“才夸了口，就打了嘴。”

贾母问她扭了腰没有，让丫头替她捶捶。她说：“哪有这么娇嫩？哪天不跌两下子？要都捶起来，还了得？”

紫鹃早打起湘帘恭候了。贾母刚坐下，黛玉亲自用小茶盘捧了茶来奉与贾母。刘姥姥因见书架上叠满了书，又见窗下几案上摆着笔砚，便说："这必定是哪位哥儿的书房了。"

贾母笑指黛玉："这是我外孙女的屋子。"

刘姥姥留神打量了黛玉一番，才笑着说："这哪像小姐的绣房，竟比那上等的书房还要好呢！"

大家说了一会儿话，贾母笑道："这儿屋子太窄，再往别处走走吧。"

这话说得刘姥姥感叹道："人人都说大家子住大房，昨儿看见老太太正房，配上大箱子、大柜、大桌子、大床，果然威武，那柜子比我们一间房子还高，怪不得后院有个梯子，定是为开顶柜收放东西用的。如今又见了这小屋子，比那大的越发整齐了。我越看越舍不得离开这里了。"

凤姐说："还有好看的呢，我带你去瞧瞧。"说着一起离开了潇湘馆。

早饭设在探春的秋爽斋。在摆菜时，贾母的丫鬟鸳鸯笑着说："天天说外头的老爷们吃饭时都有个凑趣儿的，咱们今天也得了个女'篾片'① 了。"

李纨是个厚道人，没听出她的话中意，凤姐却知道是指刘姥姥，便笑着说："咱们今天就拿她取个乐儿。"便与鸳鸯如此这般地商议起来。

李纨劝道："你们一点儿好事也不做，又不是小孩儿，还这么淘气。"鸳鸯笑道："这与大奶奶不相干，有我呢。"

---

①篾(miè)片：对在豪门富家帮闲凑趣的知识分子的俗称。

正说着，贾母等人走过来了，各自按辈分坐下。凤姐手里拿了一双很重的四楞象牙镶金筷子递给刘姥姥。鸳鸯悄悄地把刘姥姥叫出去，吩咐了一番：“这是我们家的规矩，要是错了大家就要笑话。”

吃饭的时候，刘姥姥坐在靠近贾母的一桌上。鸳鸯侍立在贾母身旁，给刘姥姥递眼色。刘姥姥说：“姑娘请放心。”

刘姥姥拿起筷子来，只觉得沉甸甸的不听使唤，便说：“这叉扒子比俺家的铁锨(xiān)还要沉，哪里犟得过它！”说得众人都笑了起来。

这时一个媳妇端了一个盒子站着，一个丫头上来揭去盒盖，里面盛着两碗菜。李纨端了一碗，放在贾母桌上。凤姐拣了一碗鸽子蛋放在刘姥姥桌上。贾母说了声“请”，刘姥姥便站起来高声说道：“老刘，老刘，食量大如牛，吃个老母猪不抬头。”说罢，却鼓着腮帮不吭声。

众人先是发怔，后来一想，上上下下都哈哈大笑起来。史湘云撑不住，一口饭喷了出来；黛玉笑岔了气，伏在桌子上叫“哎哟”；宝玉早滚到贾母怀里，贾母笑得搂着宝玉叫“心肝”；王夫人笑着用手指着凤姐，却说不出话来；薛姨妈也撑不住，一口茶喷在探春的裙子上；探春手里的饭碗都合在了迎春身上；惜春离了座位，拉着她的奶妈叫“揉一揉肠子”……只有凤姐、鸳鸯二人强忍着不笑，还直让刘姥姥吃。

刘姥姥拿着筷子只觉得不听使唤，眼睛盯着鸽子蛋说：“这里的母鸡也俊，下的蛋这么小巧，怪俊的，我先吃一个！”

众人刚止住笑，听了这话又笑了起来。贾母笑得眼泪都出来

了，说：“一定是凤丫头搞的鬼，别信她。这不是鸡蛋，是鸽子蛋。”

凤姐笑着说：“一两银子一个呢，你快尝尝吧，冷了就不好吃了。”

刘姥姥便伸着筷子要夹，可哪里夹得起来，满碗闹了一阵子，好不容易夹起一个来，刚伸着脖子要吃，偏滑下来滚到地上，忙放下筷子要去捡，早有人捡了扔出去了。刘姥姥叹道：“一两银子，没听到响声儿就没了。”

众人已没心思吃饭，都看着她乐。贾母说：“这会子又不是请客摆大宴，还不快把姥姥的筷子换了。”于是，给刘姥姥换了一双乌木镶银的。

刘姥姥说：“去了金的，又是银的，到底不如俺们那种竹筷子好使。”

凤姐说：“菜里要有毒，这双筷子下去就试出来了。”

刘姥姥说：“这菜要是有毒，我们那些都成了砒(pī)霜了！哪怕毒死了我也要吃尽。”

贾母见她如此有趣，吃得又香又甜，把自己的菜也端过去给她吃，又命人把各样菜给板儿夹在碗里。

早饭后，贾母又领着众人在大观园里玩。很快中饭又摆上来了，大家喝酒行令，吃得不亦乐乎。吃完后，大家继续游玩，刘姥姥觉得肚子里一阵乱响，连忙拉过一个丫头，要了两张纸，就解裤子。众人忙劝阻道：“这里使不得。”忙命一个丫头带她上东北角去。

刘姥姥因喝了些酒，且吃了些油腻的食物，又多喝了几碗茶，不免泻起肚子来了，蹲了半天才拉完。走出茅厕，被风一吹，酒劲就上来了，只觉得眼前发花，路也认不得了。四处一看，都是一样的树木和房屋。只好顺着石子路晃晃悠悠地走，不料走进了宝玉的怡红院，却见有个女孩儿满面含笑地迎了上来，刘姥姥笑道："姑娘们把我丢了，让我瞎转转到这里。"说完，只见那女孩儿不答。刘姥姥便过来拉她的手，"咕咚"一声，便撞在板壁上，头撞得生疼。细瞧了一瞧，原来是一幅画儿。

刘姥姥一转身，又见一扇门，门上挂着葱绿软帘，进去，只见四壁玲珑剔透，琴剑瓶炉皆贴在墙上，锦笼纱罩，金彩珠光，越发看花了眼。想找门出去，哪里有门？正发傻，却见她的亲家母迎面而来。

刘姥姥问："你怎么进来的？"她的亲家只是笑，不回答。刘姥姥笑道："好没见世面，见这园子里的花好，就没死活地插了一头。"她的亲家还是不答话。便忽然想起，富贵人家常有一种穿衣镜子，别是我在镜子里头吧。伸手一摸，再细一看，可不是，真的是镜子。

这时，她不知怎的东摸西摸，摸着了西洋镜子的机关，镜子开后，却看见一张最精致的床帐，七八分的酒意，加上走得乏了，便一屁股坐在床上，只说是歇歇，没想到一歪身就倒在宝玉的床上睡着了。

众人等刘姥姥，半天不见她来。板儿见姥姥不见了，急得直哭。众人笑道："别是掉在茅厕里了，快派人去瞧瞧。"去的人回来说，茅厕里没有。

袭人说："别是喝醉了，迷了路。要是顺着这条路，必是到我们后院去了，我去瞧瞧。”

袭人刚进了房门，就听见鼾(hān)声如雷，忙往里走，一瞧，刘姥姥正睡在宝玉的床上。袭人慌忙推她。刘姥姥惊醒，连忙爬起来，说：“姑娘，我失错了。”一面说，一面用手去掸。袭人告诉她：“可不能说睡在这里，只说醉倒在山石坡上。”刘姥姥答应了。

这一天，贾母心里十分痛快，便留刘姥姥又住了两三天。刘姥姥临走那天，平儿将一百零八两银子、几匹绸子和一些点心、干果、衣物交给了她，交代说：“这些银子是我们奶奶还有太太给你的。拿回去，或者做个小本买卖，或者买几亩地，以后再别求亲靠友的了。”平儿说一句，刘姥姥就念一句佛，心中很是感激，然后又一一向贾母、王夫人、凤姐等辞行。

贾母因那天高兴，多喝了些，这两天一直不大舒服，便说：“以后有了空再来！”刘姥姥千恩万谢地回去了。

⑱ 贾探春兴利除弊

探春是贾政的女儿，在贾府姐妹中排行第三，人称三小姐，长得俊眼修眉，顾盼神飞，是一个精明能干，不让须眉的闺中能人。

探春住在秋爽斋。她喜欢阔朗，三间屋子并不曾隔开，中间放一张花梨木大理石案桌，桌上堆着各种名人法帖及数十方宝砚和各色笔筒；笔筒内的笔插得如树林一般；另一边设着斗大的一个汝窑花囊①，插着满满的一囊水晶球的白菊。西墙当中挂着一大幅米芾②的《烟雨图》，左右为颜真卿③墨迹的对联。书画笔墨陶冶了她的性情，她曾感慨道："如果我是个男子，我早就出去了，立一番事业再作道理。"但有抱负的探春毕竟不是男人，走不出贾府，哪有她施展才华的机会？

那一年春节过后，王熙凤因劳累过度小产了，躺在床上休养。王夫人想来想去只有探春还能干些，便命她与李纨一起代理家政，由宝钗协助。

荣府上下，先听说李纨独办，都暗暗高兴，以为李纨厚道，

---

①汝窑花囊：汝窑，宋代一个著名的瓷窑；花囊，这里是指一种瓷制瓶罐类的器皿，周身多孔，中间可以插花。 ②米芾(fú)(1052—1108)：北宋书画家。与蔡襄、苏轼、黄庭坚合称"宋四家"。 ③颜真卿(708—784)：唐大臣，书法家。与柳公权并称"颜柳"。

探春：才自精明志自高

自然要比凤姐好搪塞，即使添一个探春，那也不过是一个未出阁[1]的小姐，素日平和恬淡，因此，谁也不当一回事，做事比凤姐在时懈怠了许多。但只三四日，几件事一过手，便觉得探春精细之处不让凤姐，差别只在于言语不多，性情和顺而已。每天，探春与李纨坐镇于“议事厅”处理事务，宝钗每日临寝前坐小轿带领园中上夜人各处巡察，老婆子们不敢吃酒斗牌，小丫鬟们更是不敢懒散。她们三人如此配合默契，让人觉得比凤姐在时更难对付，于是里外上下都暗中抱怨：“刚刚倒了一个母夜叉[2]，又添了三个‘镇山太岁’，半点儿偷闲工夫都没有了。”

一天，李纨、探春正在议事厅坐着，只见吴新登媳妇进来回话：“赵姨娘的兄弟赵国基死了，昨日回过太太，太太说知道了，叫回姑娘、奶奶。”说毕，垂手旁侍，再不言语。

这时来回话的不少，都在打听她二人办事如何：若是办得妥当，大家则安个畏惧之心；若稍有不当，不但不服，出了门还要编出许多笑话来。这一天的事，若是在凤姐面前，吴新登媳妇早献上七个八个主意了，再不就查出个旧例供凤姐参考，如今她藐视[3]李纨老实，探春是未出阁的姑娘，想成心难一难她俩了。探春问李纨，李纨想了想，只是记得袭人母亲死时赏过银子四十两，便提议：“就按四十两赏吧！”

吴新登媳妇忙答应称“是”，接了对牌就走。探春觉得有些

①出阁：汉族民间对女子出嫁、成婚的一个称呼。在古代，“阁”即闺房，未出嫁的女子都是住在阁楼上的，古代“三从四德”，女子要大门不出，二门不迈，并要求不准与外界的男子见面，所以把出嫁的女子称为“出阁”，相反，“未出阁”就是未出嫁。②母夜叉：中国民间俗语，用来称呼个性凶狠的女性，含贬义。③藐(miǎo)视：轻视，小看。

蹊跷[①]，连忙叫住说："你且回来。"

吴新登媳妇愣了一下，只好回来。探春说："我且问你，早年老太太屋里的几位老姨奶奶，也有里外之分，家里的死了赏多少，外头的死了赏多少，你且说给我听听。"

吴新登媳妇忙赔笑说："这也不是什么大事，赏多赏少谁还会争？"

听话听音，探春心下明白，这婆子存心要为难自己了。探春虽为三小姐，却因是赵姨娘生的，这婆子一是瞧不起自己这个"庶出[②]"的小姐，二是要看看自己是否会假公济私，那是巴望她出丑。

"你这话胡闹。"探春驳斥道："若不按惯例，别说你们笑话，明儿也难见二奶奶。"

吴新登媳妇笑道："这么说，我查旧账去，现在记不得了。"

探春笑道："你办事是办老了的，怎会记不得？若有这道理，那凤姐姐只能算是宽厚了。还不快去找来！"

一席话，说得吴家媳妇满脸通红，忙转身出来，外面等着看好戏的下人们连连称"厉害"。

一会儿，吴家媳妇取了旧账来。探春看时，两个家里的赏二十两，两个外头的赏四十两。探春递与李纨看了，说："给二十两银子。把这账留下，我们看看。"

吴新登媳妇刚走，赵姨娘就进来了，开口便道："这屋里的人踩下我的头也罢了，姑娘也该替我出口气才是。"说着，便一

---

①蹊跷（qī qiāo）：奇怪，可疑。②庶出：我国封建社会实行一夫一妻多妾制，妾所生的子女叫庶出（妻所生的子女叫嫡出）。

把眼泪一把鼻涕地哭起来。探春忙道："姨娘这话说谁？我竟不知道。谁踩姨娘的头？说出来我替姨娘出气。"

赵姨娘道："姑娘现踩我，我告诉谁去？"

探春听说，忙站起来道："我不敢。"

李纨也站起来劝。赵姨娘说道："你们且坐下，听我说。我在这屋里熬油似的熬了这么大年纪，又有你和你兄弟，这会子连袭人也不如了。我还有什么脸？连你也没有脸面了。"

探春笑道："原来是为这个。我虽代管家事，却也不敢犯法违理。"

她一面坐下，拿账簿翻给姨娘看，又念给她听，说道："这原是祖宗手里的旧规矩，难道偏我改了不成？也不单是袭人，将来环儿收了外头的，自然也同袭人一样。这原没什么争大争小、有脸没脸的事。依我说，姨娘安静些养神罢了，何苦呢？太太看重我，才叫我照管家务，一件事也没做成，姨娘倒先来作践我。倘或太太知道了，怕我为难不叫我管，那才真没脸，连姨娘也没脸！"

敏探春兴利除宿弊

探春一面说一面滚

下泪来，赵姨娘见状一时语塞，一会儿才说："太太疼你，你要拉扯拉扯我们才是，你只顾讨太太的欢心，把我们忘了。"

探春生气地说道："我怎么忘了？叫我怎么个拉扯法？你也问问去，哪一个主子不疼出力得用的人？哪一个好人要人拉扯？"

赵姨娘并不买账，说："你不当家我不问你，你如今说一是一，说二是二。如今你舅舅死了，多给二三十两银子，难道太太就不依你？况且这也使不着你的银子！明日出了阁，我还想你格外照看赵家呢！如今没长羽毛就忘了根本，只拣高枝儿飞了。"

探春没听完，已气得脸青气噎(yē)，抽泣着说："谁是我舅舅？我舅舅年下才升了九省都检点，哪里又跑出一个来？既这么说，环儿上学为什么要他随着走？为什么不拿出舅舅的款来？何苦啊。谁不知道我是姨娘养的，定要三两个月寻出由头彻底翻腾一阵，也不知道谁给谁没脸！"

李纨在旁只管劝，赵姨娘还是唠叨没完。忽听有人说"二奶奶打发平儿说话来了"，赵姨娘方收敛些。

探春治家以来，第一桩事是把姑娘们每月重复支出的头油脂粉费免了；第二桩是把宝玉、环儿重复的点心费免了；另一桩便是探春看了奴才赖大家花园的管理办法，觉得大观园内所生产的稻谷、竹笋、莲藕、鱼虾等等，每年能有四五百两银子的收益，现在却是完全糟蹋了。因而她提出委派园中服役的婆子、媳妇分别承揽各处生产事务，年底除供给姑娘们的头油脂粉和瓶花、鸟食以外，还能自享其收成的盈余。

做了这三件大事以后，平儿从此再也不敢小看探春了，她觉得探春若能理家，比凤姐还能干，自然也比凤姐更出于公心。平儿这一趟巡视下来，出门时对那些故意使绊子的婆子、媳妇说："你们也闹得太不像话了。她是个姑娘家，不肯发威动怒，这是她的自尊，你们就想藐视她，欺侮她？假如她撒个娇，太太也得让她一二分，二奶奶都不敢对她怎么样。你们就这么大胆，岂不是拿鸡蛋碰石头？"

探春除弊兴利的做法着实令全府上下叹服，特别是那些在第三条措施下得实惠的婆子、媳妇们，更是欢声鼎沸，说："姑娘这么疼顾我们，我们再不体上情，天地不容了。"

探春代为理家半年，她的管理才能崭露头角，她以自己的言行在荣府上下立了威，扬了名。

⑲ 柳湘莲严惩呆霸王

柳湘莲原是世家子弟，祖上都是做官的，但因父母早亡，读书不成，又没人管教，长大后爱耍枪玩剑、吹笛唱曲。他年纪轻，人又长得美，平时喜欢串戏，不知他身份的人，都误以为他是戏子。

有一次，荣府管家赖大之子赖尚荣邀请他和薛蟠一起赴宴。薛蟠是个不务正业的下流之人，爱强男霸女，人称“呆霸王”。薛蟠自从见过柳湘莲一面后，就念念不忘了。后来又听说柳湘莲喜欢演戏，且演的都是些风流戏，就误认为他是风月子弟，一双眼睛就在他身上骨碌碌乱转。

柳湘莲

柳湘莲知道薛蟠不怀好意，就放下酒杯，向赖尚荣告辞。赖尚荣不让他走，还请了宝玉来。宝玉把柳湘莲拉到小书房中闲聊。过了一会儿，柳湘莲说："你那姨表兄还在那里呢，我再坐下去，难免生事，不如现在告辞了好。"说完就起身向宝玉告辞。

刚走到大门前，正遇上薛蟠在那里乱嚷乱叫："谁放小柳子走了!"柳湘莲听了气得火冒三丈，恨不得一拳把他打死。又一想，这里朋友们都在场，不是动手的地方，只得忍住了。

薛蟠忽见柳湘莲走出来，如见到珍宝似的，忙趔趄①着走上来一把拉住，笑着说："好兄弟，你怎么一声不响就走了？你有什么要紧事，只管告诉哥。你别忙，有了我这个哥，你要做官发财都容易。"

湘莲见他这副模样，又气又恨，心中忽生一计，拉着他来到无人之处，笑着说："你是真心与我好，还是假心与我好？"

薛蟠听到这话，喜得心痒难挠，忙笑着说："好兄弟，你怎么问起我这话来？我若有半点假心，就立即死在你面前。"

柳湘莲说："既然如此，这里不便，等一会儿我先走，你随后就来，在北门外的桥上等我，咱们喝一夜酒，如何？"

薛蟠听了乐得眉开眼笑，连忙答应。两人又重新入席，薛蟠越想越高兴，左一壶右一壶地大喝起来，不知不觉中已有八九分酒意了。

湘莲趁别人不注意，悄悄出了门，跨上马，出了北门，在桥上等薛蟠。没一顿饭工夫，只见薛蟠骑了一匹大马，远远地赶来

---

①趔趄(liè qie)：身体歪斜，脚步不稳。

了，张着嘴，瞪着眼，头似拨浪鼓似的左右乱瞧，见了柳湘莲，忙滚下马，笑着说：“我知道你是不会失信的。”

湘莲说：“快往前走，别让人跟了来。”

两人骑马走了好一会儿，湘莲见前面人迹已稀，还有一片芦苇塘，便下了马，将马拴(shuān)在树上，笑着对薛蟠说：“你下来，咱们先立个誓，日后要是变了心，把今天的事告诉了别人，就会应誓的。”

薛蟠笑着说：“这话有理。”连忙下了马，跪下来对天发誓：“我要日久变心，告诉别人，天诛地灭！”正说着，只听“嘭”的一声，脖子后面好像被铁锹砸了一下，只觉得眼前一阵黑，身不由己，一头栽倒在地。湘莲上前瞧瞧，才知他是个不禁打的，只用三分力气在他脸上拍了几下，顿时开了果子铺①。薛蟠还想挣扎起来，被柳湘莲用脚点了两下，又跌倒在地。

薛蟠口内连连说道：“原是两人自愿的，你不同意，可以说，为什么哄我出来打我？”说着就乱骂起来。

湘莲说：“你这瞎了眼的，今天让你认识柳老爷是谁！给你点厉害尝尝。”说着，便拎起马鞭子，从背到小腿抽了三四十下。

薛蟠疼痛难忍，“哎哟哎哟”喊叫不停。

湘莲笑着说：“你这个呆霸王，我还当你是不怕打的呢，看来也是个孬(nāo)种。”一面说，一面提着薛蟠的左腿，往芦苇塘中的泥泞处拉。薛蟠滚得浑身都是泥水。湘莲问他：“你现在可认识我了？”

---

①开了果子铺：这里指薛蟠被柳湘莲打得青一块紫一块，皮破血流，好像果子铺里食品的五颜六色。

薛蟠不理，只管自己哼哼。湘莲扔下马鞭，抡起拳头向他身上擂去。薛蟠痛得在地上乱滚乱叫：“我肋骨都断了，我知道你是正经人，都是因我错听了旁人的话。”湘莲说：“再说软一些，就饶了你。”

薛蟠抬头呆呆地说：“好兄弟！”湘莲又给了他一拳。薛蟠“哎哟”一声后改口道“好哥哥”，又挨了两拳，忙叫道：“好老爷，饶了我这个没有眼睛的瞎子吧！从今以后我敬你怕你了。”

湘莲说：“要我饶你可以，你喝两口那泥水。”

薛蟠皱着眉头说：“那水脏得很，怎么喝得下去！”

湘莲举起拳头就打，薛蟠忙说：“我喝，我喝。”说着，只得低下头去，在水坑里喝了一口，还未咽下去，只听“哇”的一声，把刚才吃下去的东西都吐了出来。湘莲被那些污秽臭气熏得难受，也不想再待下去了，骑上马走了。

薛蟠见柳湘莲走了，想挣扎着爬起来，无奈浑身疼痛难忍，只好趴在地上哼哼。

贾珍等人不见了他两人，就命贾蓉带了小厮们到各处寻找，在芦苇塘边见拴着薛蟠的马，又听到有人呻吟，大家过去一看，只见薛蟠衣衫零乱，面目全非，滚得像一头泥猪。

贾蓉已猜到了九分，笑着说：“薛大叔天天调情，今天调到芦苇塘里来了。想必是龙王也爱上你的风流，要招你做驸马①，你就碰到龙角上了。”薛蟠羞得无地自容，哪里还骑得上马去，众人只好抬着他回府养伤去了。

---

①驸(fù)马：汉代有“驸马都尉”的官职，由于皇帝的女婿常做这个官，因此驸马成为皇帝的女婿的专称。

⑳ 史湘云醉眠芍药茵

史湘云是贾母兄弟忠靖侯史鼎的孙女，从小父母双亡，靠着婶娘生活。她小时候，史家已不是“阿房宫，三百里，住不下金陵一个史”的时代了，连针线活都要自己动手了。尽管家境清贫，但她并没有改变天真和热情的性格。平常爱穿男孩子的衣服，打扮成男孩子的模样，说起话来，高声大气；喝起酒来，捋(luō)袖挥拳，毫无顾虑。她从来不理睬那些“坐莫动膝，立莫摇裙，喜莫大笑，怒莫高声”的清规戒律，也从来不沾染那些高贵小姐矜持扭捏的习气，在大观园内诸少女中闪出新鲜美丽、活泼可爱的光彩。

那一年下大雪，地上竟积了一尺多厚，天上仍是搓(cuō)棉扯絮一般飘洒而下，远远望去，天地都白了。大观园的姐妹们相约去芦雪庵赏雪吟诗。正当大家起劲地商议如何起韵作诗，忽然不见了湘云和宝玉。大家以为他俩避开众人玩雪去了，黛玉却笑着说：“他俩要么不在一起，在一起必生出事来，信不信，这会子一定是算计那块鹿肉去了。”

原来吃中饭时，听说厨房里有鹿肉，湘云悄悄与宝玉说：“有新鲜鹿肉，不如咱们去要一块，拿了去园子里烤着吃，边玩边吃。”于是两人搁了饭碗便去缠着凤姐，硬向她要了一块鹿肉，又命婆子送到园子里去。

这时婆子回来说："一个带玉的哥儿与那个挂麒麟的姐儿，那样干净清秀，又从不少吃的，却在那里商量要吃生肉呢！"

众人听了，笑着说："了不得了，快拿他俩来！"

大家过去一看，见他俩正围着炉子摆弄鹿肉。李纨忙说："你们俩要吃生的，我送你们到老太太那里吃去，哪怕嚼一只生鹿，撑病了都与我们无关。这么大的雪，怪冷的，你们替我作祸呢！"

宝玉笑着说："没有的事，我们是烤着吃呢！"

一会儿，铁炉已架起，铁叉、铁丝网都已齐备，点上火，炭火红红地燃起，鹿肉切成了小块，搁在网上滋滋地烤着，香气四溢。宝玉、湘云、平儿都津津有味地吃起了烤鹿肉。湘云一边大嚼一边说："我吃这个方爱喝酒，喝了酒才会有诗。若没有这鹿肉，今日定不会有诗。"

凤姐打发小丫头来叫平儿，平儿说："史姑娘拉着我呢，你先走吧。"小丫头回去后不久，凤姐也披着斗篷走来，笑着说："吃这样的好东西，也不告诉我！"说着，也一块儿吃起来。

黛玉看那鹿肉打倒了一群人，自己又不敢吃，就笑着说："哪里去找这一群叫花子？罢了，罢了，今日芦雪庵遭劫，生生被云丫头作践了，我为芦雪庵一大哭！"

湘云冷冷地说："你知道什么？'是真名士自风流'，你们假清高，最是可厌。我们这会儿大吃大嚼，回头却是锦心绣口。"

宝钗笑着说："一会儿若作不出好诗，把那肉掏出来。"

吃了烤肉，喝了美酒，果然一个个神情振奋，连凤姐这个只管“进钱的铜商”，也来了诗兴，吟道：“一夜北风紧，”

众人都说好，句虽粗，却是留了余地。

李纨联道：“开门雪尚飘。入泥怜洁白，”

香菱道：“匝地惜琼瑶。有意荣枯草，”

探春道：“无心饰萎苕。价高村酿熟，”

李绮道：“年稔(rěn)府粱饶。葭(jiā)动灰飞管，”

李纹道：“阳回斗转杓(biāo)。寒山已失翠，”

岫(xiù)烟道：“冻浦不闻潮。易挂疏枝柳，”

湘云道：“难堆破叶蕉。麝(shè)煤融宝鼎，”

湘云自这句吟出后，便如爆豆似的，频频争先，惹得黛玉起而反击，并联络宝钗与宝琴，合手战湘云。一时间妙语连珠，诗兴大发。吟到最后，湘云说：“我不是在吟诗，而是在抢命呢!”

众人一致评道：“诗，湘云最多，佳句又独占鳌头①，这都是那块鹿肉的功劳。”

宝玉生日这一天，姐妹们都来祝贺。宴席设在芍药栏中红香圃三间小敞厅内。众姐妹都到了，四张桌子坐得满满的。两个女艺人要弹词祝寿，众人都说：“我们没人要听那些闲话，叫她们给薛姨妈和太太解闷去吧。”艺人们就被赶到太太们坐的厅里去了。

宝玉说：“干坐着喝酒没趣，须行个酒令才好。”众人赞同，纷纷选择酒令，但意见很不一致。

黛玉说：“依我看，还是拿笔砚来，把各人的酒令都写在纸

①独占鳌(áo)头：科举时代称中状元。据说皇宫石阶前刻有鳌(大鳖)头，状元及第时才可以踏上。后来比喻居首位或第一名。

上，捏成团，咱们抓阄儿①。”众人都赞成这个提议。

大家想了一会儿，共得十来条酒令，香菱一一写下，平儿搅了搅，抓了一个出来，打开一看，是“射覆”。宝钗笑着说：“把个酒令的祖宗抓出来了，这里有一半是不会的，不如毁了，另抓一个雅俗共赏的。”第二次抓了个“划拳”。湘云哈哈大笑：“这个爽快，合我的脾气。我不行这个‘射覆’了，只‘划拳’好了。”探春说她乱了酒令，该罚。宝钗不容分说，就灌了湘云一杯。众人轮流行令，湘云见香菱答不上来，就暗暗提示她，不巧被黛玉看见了，说：“快罚她，又在那里私下传递呢。”湘云又被罚了一杯酒，气得她拿起筷子敲黛玉的手。

两杯酒下肚后，湘云嫌行酒令太慢，不痛快，就与宝玉划起拳来。那边尤氏和鸳鸯也“七呀”“八呀”地乱划起来，平儿和袭人也组成了一对，一时间，划拳行令，响成一片。

湘云又和宝琴对了手，结果输了，湘云拿起酒碗，一仰脖子喝个碗底朝天，又拣了一块鸭肉吃，吃完后，见碗里还有半个鸭头，就拣起来吃。众人催她别光顾着吃，忘了正经的。湘云灵机一动，用筷子托起鸭头说道：“这鸭头不是那丫头，头上哪讨桂花油?”

众人越发笑起来，引得一群丫头走过来说：“云姑娘拿我们取乐，该罚一杯才是！要不给每人发一瓶桂花油搽②搽。”湘云被缠不过，只得认罚。

下面轮到宝玉与宝钗了，宝钗覆了个“宝”字，宝玉想了

①抓阄(jiū)儿：从预先做好记号的纸团中每人取一个，以决定谁该得什么东西或谁该做什么事情。②搽(chá)：涂抹。

史湘云醉眠芍药茵

想，便知宝钗是戏指自己佩的通灵宝玉，就笑着说：“姐姐说‘宝’，底下定是‘玉’了。姐姐别生气，如今我射个‘钗’字，旧诗云‘敲断玉钗红烛冷’，岂不射着了？”湘云说他们是杜撰①，两个人都得罚。

这时，香菱忙出来圆场：“前天我读岑参五言律诗，就有一句‘此乡多宝玉’，后来又读李商隐七言绝句，有一句是‘宝钗无日不生尘’。我还笑他俩的名字原来都在唐诗上呢。”

众人笑着说：“这下可问住了，快罚一杯！”湘云无语，只得喝了。大家因长辈不在，没了管束的人，越发呼三喝四，喊七叫八，满厅中红飞翠舞，玉动珠摇，十分热闹。玩了好一会儿，才发现少了史湘云，以为她就会回来，哪知等了半天也没影儿，只好派人去找。

过了一会儿，一个小丫头笑嘻嘻地来说：“姑娘们快去瞧云姑娘啊，她喝醉了图凉快，在山后头的一条石凳上睡着了。”众人听说，都跟着她悄悄地去看湘云。

只见湘云卧在山石僻静处的石凳子上，睡得正香。头下枕着一个包满芍药花瓣的手帕包，四面飘落的芍药花飞了一身，头上、脸上、衣襟上，全是红香散乱。手中的扇子掉在地上，也被落花埋了一半。一群蜜蜂、蝴蝶闹哄哄地围着她飞舞。

众人见了又是爱又是笑，忙上来推唤搀扶。湘云在睡梦中依然嘟囔着酒令，痴迷得很呢！众人嘻嘻地笑着，使劲摇她，喊她，她才慢慢地睁开眼，发现众人在跟前，不好意思地笑了。

---

①杜撰(zhuàn)：没有根据地编造。

㉑ 风流灵巧勇晴雯

晴雯是个无家世可考的女孩子。她只有一位人称“醉泥鳅”的表哥和色情狂似的表嫂。她十岁的时候，被贾府大管家赖大买了做丫头，是“奴才的奴才”。赖大妈妈常带她到贾府走动，因贾母喜欢，赖大妈妈就将她“孝敬”了老太太，于是她升格为“主子的奴才”了。后来贾母把她赏给了宝玉。宝玉的房中有八个丫头，晴雯的地位仅次于袭人。真正的粗活无须她去做，但宝玉的贴身事，也轮不着她做，她是怡红院里的“富贵闲人”。人人都知道她又美又骄，锋芒毕露，不敢得罪她，连袭人、麝月也不与她计较。

一次，晴雯见秋纹得了王夫人的赏赐而洋洋自得，又想起王夫人曾把好衣服赏给袭人，就冷眼瞟瞟她手中的旧衣服，说：“呸，好没见过世面的小蹄子！那是把好的给了人，挑剩下的才给你，你还充有脸呢！”

秋纹说：“凭她给谁剩的，到底是太太的恩典。”

晴雯不屑地说：“要是我，就不要。一样是这屋里的人，把好的给她，剩下的给我。难道谁比谁更高贵些？就算是冲撞了太太，我也不受这口气。”

秋纹忙问：“给这屋里谁了？好姐姐，你说说，让我也知道知道。”

晴雯见挑起了秋纹的好奇心，不觉也来了劲：“我告诉你，难道你会退给太太？”

秋纹笑道：“我只听了喜欢喜欢，哪怕是给这屋里的狗剩下的，关我什么事？”

这时候，众人抑制不住地大乐。晴雯笑道：“骂得巧，可不是给了那西洋花点子哈巴狗了。”

秋纹这才知道上了她的当，错骂了袭人，连忙道歉。

晴雯就是这样一个鬼精灵，眼睛里进不得半点沙子，见不得一丁点不平等的事，既反对别人的奴性，更反对别人鄙视自己。

那一次端阳节，宝玉心内不快活，晚上回怡红院时淋了雨，丫头开门不及时，冷不防挨了宝玉的一个窝心脚，等到宝玉看清开门的是袭人，心下反添了歉意。一连几日闷闷不乐，在自己房中长吁短叹。偏偏晴雯这时上来换衣服，不慎把扇子跌在地上，将扇骨子跌断。宝玉叹道：“蠢材蠢材，将来怎么办？明日自己当了家，也这样顾前不顾后？”

晴雯冷笑道：“二爷近来气大得很，动不动就给人脸色看，前儿连袭人也打了，今儿又来寻我们的不是。先前玻璃缸、玛瑙碗不知弄坏过多少，也不见你生气，现在一把扇子就值这样？要嫌弃我们，就打发我们，再挑好的使。好离好散。”

宝玉听了，气得浑身打战。袭人忙过来说：“你看你看，我一时不到，就有事故。”

晴雯说道：“姐姐既会说，就早该来，也省得爷生气。因你服侍得好，昨儿还挨了窝心脚，我们不会服侍的，到明儿还不知

是个什么罪呢!”

袭人听了又是恼又是愧，待想说几句，见宝玉早气黄了脸，就忍了性子，推推晴雯，说：“好妹妹，你出去逛逛，原是我们的不是。”

晴雯听她说“我们”，自然是指宝玉与她了，不觉添了醋意，冷笑几声，道：“我倒不知道你们是谁，别叫我们害羞，便是你们鬼鬼祟祟干的那事儿，也瞒不过我们去，哪里就称起‘我们’来了？明公正道①，连个姑娘也没挣上呢!”袭人羞得满脸紫涨。宝玉说：“你们不服气，我偏要抬举她!”

晴雯还是一个劲儿地冷嘲热讽。宝玉气急了，便要向王夫人禀告，辞了晴雯。袭人忙回身拦住，笑道：“好没意思，也不怕臊，这么去，岂不叫太太犯疑?”

宝玉道：“太太必不犯疑，我只说是她自己闹着要出去。”

晴雯大哭道：“我何时闹着要出去？你只管去回，我一头碰死了也不出这个门。”

宝玉如傻了一般，硬是要去回。袭人只得跪下求情。碧痕、秋纹等见闹大了，也一齐跪下，宝玉这才收回主意，长叹一声，在床上坐下，不觉泪下，说道：“叫我怎么样才好呢?”

袭人见宝玉掉泪，自己也流下泪来，晴雯更是伤了心，呜呜地哭个不停。

一日晚上，月光如水。宝玉跟薛蟠出去喝了酒，踉跄②着回到院内，只见院中乘凉的竹榻上有个人睡着。宝玉只当是袭人，

①明公正道：公开；堂堂正正。②踉跄(liàng qiàng)：走路不稳。

一面在榻沿上坐下，一面推她，问道：“疼好些了吗？”那人翻身坐起，说：“何苦又来招惹我！”宝玉一看，是晴雯。宝玉将她一拉，拉在身边坐下，笑道：“你的性子越发惯娇了，早起摔了扇子，我不过说了两句，你就说了那么多。我倒没生气，你倒夹枪夹棍，生了这么多人的气。你说该不该？”

晴雯冷眼看看他，俨然一个主子模样，没好气地说：“怪热的，拉拉扯扯做什么？我这身子原本不配在这里的。”

说着，便要起身。宝玉按住她，笑道：“你既知道不配，为何还躺着呢？”

晴雯又朝他看看，哪还有主子的模样，已变作一脸的孩子气，“嗤”地笑了，说：“你不来便使得，来了就不配了。放开我，让我洗澡去。”

宝玉笑道：“不准洗，先拿果子来吧。”

晴雯笑道：“我慌张得很，连扇子都跌了，哪里还配拿果子来吃？倘若再打破了盘子，更了不得了呢！”

宝玉笑道：“你爱打就打。这些东西本来就是供人使的，你爱这样，我爱那样，各自性情不同。比如那扇子，原是扇的，你要拿来撕可以，只别拿它来出气。这就是爱物了。就是杯盘，你爱听那一声响，就是故意摔碎了也可以，只是别在生气的时候摔。这就是爱物了。”

晴雯听了，说道：“既这么着，你就拿扇子让我来撕，我最喜欢撕的。”

宝玉便笑着将扇子递给她。

晴雯接过，果然“嗤”的一声撕成两半，接着又是“嗤”

“嗤”几声。宝玉在旁边笑道：“撕得好，再撕响些！”

这时，麝月走过来，笑道：“少作些孽吧！”宝玉上去，一把夺过她手中的扇子，交给晴雯。晴雯接了，也撕成了好几片，二人大笑。麝月说：“怎么拿我的东西寻开心？”宝玉说：“打开扇匣拣去，什么好东西！”麝月说：“那就把扇匣子搬来，任她撕，岂不更好？”宝玉说：“好！”晴雯笑着，倚在榻上说道：“我也乏了，明儿再撕吧！”

撕扇子作千金一笑

宝玉却笑道：“古人说‘千金难买一笑’，几把扇子值什么？”

后来，袭人因母亲病逝，回家料理丧事。于是就由晴雯替代袭人的位置，伺候宝玉。一天夜里，晴雯不小心着了凉，感冒发烧，虽吃了药也不管用。可偏偏宝玉访客回来唉声叹气，一问，是老太太赏的一件俄罗斯进贡的孔雀裘，因烤火不慎，烧了指甲大的一个洞，偏偏第二天还得穿着去赴宴。雪夜送出去请人补，织匠根本不敢接活儿。

就在大家束手无策时，晴雯翻身说道：“拿来我看看。没福气穿也罢了，这会子又着急。”说着便抬起身来细看，说：“这是孔雀金线织的，如今也拿金线织补，应该可以混过去。”

麝月笑道：“线倒是现成的，只是这里除了你，谁也不会。”晴雯说：“好歹我挣命吧。”

宝玉一听，不让她带病硬撑。晴雯却不管，坐起来挽了挽头发，刚披了件衣服，就觉得头重身轻，眼冒金星。但若不做，又怕宝玉着急，少不得咬牙挺着。她让麝月拿孔雀线来比试了一下，见还凑合，于是先将里子拆开，用茶杯口大的竹弓钉绷在背面，勾出经纬后，补两针，看看，再补两针，再端详一番。无奈头晕眼花，气喘神虚，补不上三五针，就要伏在枕上歇一会儿。

勇晴雯病补孔雀裘

宝玉在旁，一会儿命她歇歇，一会儿问她喝不喝水，一会儿又拿了一件灰鼠斗篷替她披上。急得晴雯央求道：“小祖宗，你只管睡吧，再熬上半夜，把眼睛熬红了怎么办？”

宝玉见她着急，只得胡乱睡下，但仍睡不着。一直到自鸣钟敲了四下，晴雯才补完。她又慢慢地用小毛刷剔出绒毛来。麝月道：“真好，若不留心，是看不出来的。”

宝玉忙要过来看，说道：“真正一样了。”

晴雯已咳了几阵，说：“补虽补了，到底不像，不过我只有这点儿本事了。”

说罢，“哎哟”一声，便不由自主地倒了下去，力尽神衰。宝玉忙命小丫头替她捶捶，没一会儿天已大亮。请来大夫诊了脉，大夫说：“昨日已好了些，今日怎么又不好了？敢情是吃多了，要不就是劳了神。”

虽是重新调整了药方，终因过于虚脱而一病不起了。后来在抄检大观园的时候，晴雯还病着，没想到王夫人把她当做妖精，首当其冲地要将她赶出去。当王善保家的①在怡红院里搜寻了半天，一无所得时，忽然发现有一只箱子漏检，就气势汹汹地问：“是谁的？为什么不打开？”

袭人刚想过去替她打开，没料到晴雯从床上起来，挽着头发闯了进来，啪的一声，将箱子掀开，往地上一倒，将所有的东西兜底倒出。王善保家的自觉没趣，说：“姑娘，别生气。我们是奉命行事。叫翻呢，就翻一翻，不叫翻呢，我们回太太去。”

晴雯听了这威胁性的话，越发火上加油，指着她的脸说：“你说你是太太打发来的，我还是老太太打发来的，太太那边的人我都见过，只没见过你这样有头有脸的奶奶！”

她哪里知道，自己早已作了别人密告的垫脚石了，没错也是

①家的：用在男人的名字后面，指他的妻子。《红楼梦》中这种称呼较多。

错，虽然病得四日不沾米水，却被硬生生地拉下炕来，架了出去。

几日后，宝玉偷偷地溜出去看晴雯，只见她躺在芦席炕上，脸色灰黄。晴雯恍恍惚惚听见有人叫，睁眼见是宝玉，又惊又喜，又悲又痛，忙一把拉住了宝玉，哽咽了半日方说出半句话："我只当见不着你了……"接着便咳个不停。

宝玉也一时说不出话来。晴雯道："阿弥陀佛！你来得正好，把那茶倒半碗给我喝，渴了半天了，叫个人也没有。"

宝玉听说，忙擦干泪，问："茶在哪里？"顺着晴雯的眼睛看去，灶台上有个乌黑的吊子，茶碗又粗又大，拿在手上，一股油腥味，倒出的水也不成茶色。宝玉尝了一口，只一味苦涩，递给晴雯，却见她如同得了甘露一般，一气灌下去。宝玉不觉泪如雨下。

宝玉问："你有什么要说的？快告诉我。"

晴雯哽咽道："有什么可说的，不过是挨一刻是一刻，横竖不过三五日光景①。只是一件，我死也不甘心，虽然我生得比别人略好一些，却并没有私情勾引你，如何一口咬定我是个狐狸精，我不服。如今担这个罪名，早知如此，说句后悔的话，我当日也另有个道理，哪料到凭空生出这一节来，有冤无处诉。"

说完，晴雯又哭。宝玉拉着她的手，只觉得骨瘦如柴，见腕上还戴着四个银镯子，泣道："暂且摘了吧，等好了再戴。"说着，帮她卸下，塞在枕下，又说："可惜这两个指甲，好不容易

①光景：指时间。

才长了二寸，这一病又要损些。”

晴雯擦擦眼泪，伸手取了剪刀，将左手上两根葱管似的指甲齐根剪了，又伸手向被内将贴身穿的一件旧红绫袄脱下，与指甲一起交给宝玉，说：“这个你收下，以后就如见我一样，快把你的袄儿脱下来我穿。将来我在棺材里独自躺着，也就像还在怡红院一样。论理不该如此，只是既担了虚名，我也不管了。”

宝玉听了，忙宽衣换上，藏了指甲。

晴雯哭道：“回去她们看见了若问，不必撒谎，就说是我的，也不枉担了虚名。”

宝玉进门已半日，告辞时依依不舍。晴雯知宝玉不忍离去，就用被头蒙住，不理他。宝玉只好去了。

宝玉睡到半夜，梦见晴雯从外头进来，仍是往日光景，笑道：“你们好好过吧，我就此别过了。”

说完，晴雯转身就走了。宝玉忙叫时，袭人醒了。宝玉哭着对袭人说：“晴雯死了。”

天亮后，派人去打听。果然，晴雯闭眼于五更时分。

㉒ 任劳任怨俏平儿

平儿是凤姐的通房①大丫头，后被贾琏收为妾。平儿待人有紫鹃的温厚，处事有鸳鸯的精明，更兼常人所没有的清楚头脑、灵活手腕，凭着自己的公正与善良，在府中口碑甚佳。

那一年，凤姐女儿巧姐出天花，夫妻分了房，贾琏搬到外书房去住。这个琏二爷，离了凤姐便要寻事。等巧姐病好，平儿在收拾贾琏的衣物被褥(rù)时，从枕套中抖出一绺(liǔ)青丝来，知道是贾琏又在外面拈花惹草了。平儿忙把它藏在袖内，走到贾琏跟前，笑着说："这是什么？"

贾琏见了忙上来抢夺，平儿撒腿就想跑，但被贾琏一把抓住，一面掰手抢夺，一面笑着说："小蹄子②，你不拿出来，我把你的膀子折了。"

平儿笑着说："没良心的东西！我好意瞒着她来问你，你倒发狠！那我就去告诉她。"

贾琏一听，忙赔笑："好人，你赏我吧，我不发狠了。"

一语未了，只见凤姐进来，问平儿："拿出去的东西都收进来了么？"

---

①通房：旧时被主子收纳为妾的贴身侍婢。 ②小蹄子：口语，指年轻女性，含轻浮意。同时也用作昵称。

平儿说："都收进来了。"

凤姐说："可少了什么没有？"

平儿回答："我细细地查过了，没见少。"

"不少就好，只是别多出来什么吧？"

平儿笑着说："没丢已是大幸，哪会多呢？"

贾琏脸都黄了，站在凤姐背后，直望着平儿使眼色。平儿装作没看见，笑着说："我的心和奶奶的心一样，留神搜了一遍，竟一点儿破绽也没有。奶奶若不信，那些东西我还没收掉呢，请奶奶亲自翻一遍吧。"

平儿的认真模样叫凤姐忍俊不禁："傻丫头，他即使有这些东西，我们哪里就翻得着？"说完，就管自己走了。

平儿指着贾琏的鼻子，笑着说："这件事怎么答谢我呢？"

风险已过去，贾琏喜得直叫平儿"心肝宝贝"。平儿仍拿着头发笑着说："这是我拿到的把柄了，好就好，不好就抖出来。"

贾琏笑着说："你好好收藏着吧，可千万别让她知道了。"口里这样说着，身子却一下子冲过来，一把抢过青丝，塞在靴内，说："你拿着终是祸患，不如我烧了它吧。"

平儿毕竟老实，让贾琏得了空子，于是咬着牙说："没良心的东西，过了河便拆桥，明天还想我替你撒谎？"

贾琏见她娇俏动人，便要过去搂抱，平儿夺门跑到了窗外。

贾琏隔着窗户说："你不用怕她，等我性子上来，把这醋罐子打个稀烂！她也不拿镜子照照自己，难道就不怕我吃醋？"

平儿在外头说："她吃醋使得，你吃醋使不得。她走得正，你却每每有坏心，连我都不放心，别说她了。"

正说着，凤姐又转了回来，见平儿在窗外，就问她怎么了，平儿笑着说："屋里一个人也没有，我在他跟前做什么？"

凤姐笑着说："没人才好呢！"平儿问："你是说我？"凤姐半开玩笑半认真地说："不说你说谁？"

平儿把脸一沉说："别叫我说出好话来！"说着也不打帘让凤姐先进，而是自己先进去了。

凤姐边自己掀开帘子边说："平儿疯了，当真要降伏我啊，小心你的皮！"

贾琏听了，拍手称快："我竟不知平儿有这么厉害！"

凤姐是贾府的内当家，平儿是凤姐的心腹之人，凤姐的行事为人她自然最清楚，平儿若真要"造反"，将凤姐的丑事一桩桩抖出来，凤姐也是吃不消的，所以在小处凤姐有时也会忍让几分。自然平儿自己也最知道分寸，所以到了真有委屈时，也只有"忍"这一个字了。

那天，凤姐过生日，二府的人都聚在一起喝酒看戏。凤姐多喝了几杯，有了三分醉意，头沉沉的就想回去睡觉。没料到房内贾琏又在拈花惹草。门廊里丫头鬼鬼祟祟，这已让凤姐生疑，她便蹑手蹑脚走到窗前，听到里面女的在说："你那阎王老婆死了就好了。"

"她死了，再娶一个也是这样，又会怎么样呢？"这是贾琏的声音。

"她死了，你把平儿扶了正，就会好些。"

"如今连平儿都不让我沾一沾了。平儿也是一肚子的委屈不敢说。我命里怎么就该犯夜叉星[1]？”

凤姐听了，气得浑身打战，又听他们赞平儿，便疑心平儿背地里也有怨言了，那酒劲越发涌了上来，回身就给了身后的平儿两个耳光，一脚踢进门去，抓起那女的便打，边打边骂。

凤姐气还未消，把平儿拖来也打了，边打边骂：“平儿，你也不是好东西！内心嫌着我，在外面却哄着我！”

打得平儿有冤无处申，气得她只好干哭道：“你们做这些没脸面的事，为什么要把我拉上？”说完就与那女的扭打起来。

贾琏也多喝了酒，见平儿闹了起来，酒气就上来了，一把拉住平儿又踢又骂。

平儿生性忠厚，平生还是第一次与人打架，被贾琏一顿踢骂，忙住了手，哭道：“你们背地里说话，为什么要扯上我？”

凤姐见平儿怕贾琏，越发生气，又赶上来打平儿。平儿只觉得自己太吃亏了，两面受气，想想活着实在没意思，就跑出去找刀子要寻死，被丫头、婆子们拦住了。

里面凤姐撒泼，贾琏发酒疯，一下子全乱套了。凤姐往贾母的住处跑，贾琏提着剑在后面追，一直闹到贾母发怒道：“去，快去把他老子叫来！”

这贾琏在内怕老婆，在家怕父亲，贾母只这一声就把他吓了回去。贾母笑道：“都是我的不是，叫她多吃了两口酒，又吃起醋来。”说得众人都笑了。

---

①犯夜叉星：迷信的“星命”说法，古时认为人一切生活都由天星主管，“命犯”什么“星”，即有什么遭遇。

凤姐又告平儿的状："平儿那蹄子，平日我倒看她好，原来背地里也是个坏东西。"

尤氏笑道："平儿没有不是，是凤丫头拿人家出气。两口子对打，全拿平儿煞性子，平儿才真委屈呢。"

贾母当即派丫头去传话："出去告诉平儿，就说我说的，我知道她受了委屈，明日叫凤姐给她赔不是。"

平儿早被李纨拉进大观园内。她哭得伤心极了，谁的话都听不进去。直到传来贾母的话，且是当着园内众姐妹的面，平儿自觉有了光彩，情绪才渐渐平稳下来。

喜出望外平儿理妆

平儿受了委屈，虽然谁也不敢指责凤姐，但对平儿却是说尽了劝慰的话。

宝玉见平儿妆也花了，新衣裳也弄脏了，就吩咐丫头们为平儿舀水洗脸、换衣服，并让平儿妆饰一番。他心中慨叹道："贾琏只知淫乐悦已，并不知关心人。平儿无父母兄妹，独自一人供奉贾琏夫妇，贾琏之俗，凤姐之威，她竟能周全妥帖，今日还遭了打，真是薄命得很了。”

平儿在李纨处歇了一夜。园内小姐们的宽慰，宝玉、李纨的热心照顾，令平儿很感激。这次虽然委屈了些，却让平儿称出了自己在别人心中的分量，她认为做人还是和顺一点好，与人为善，也即与己为善。

第二天，贾母将贾琏、凤姐、平儿三人一起叫到跟前，对着贾琏骂道：“家里摆着两个美人儿，还要不满足，整日里偷鸡摸狗，脏的臭的都拉了你屋里去，还有脸打人？”

贾琏原是跪着的，听贾母如此一说，赶紧爬起来，向凤姐作了一揖，笑着说：“原是我的不是，二奶奶饶过我吧！”

满屋的人都笑了，贾母又令他向平儿赔不是，贾琏见平儿一夜休息下来，脸上、身上皆已光彩照人，赶紧长揖到地说：“姑娘昨天受了委屈，都是我的不是。奶奶得罪你，也是因我而起，我还要替你奶奶赔个不是。”

说着，又是一揖，引得贾母也笑了。贾母又要凤姐来安慰平儿，平儿赶忙过来给凤姐磕头，说：“昨天是奶奶的生日，我惹了奶奶生气，是我该死。”

凤姐正自愧饮酒过量才有这事，今天又见平儿先检讨了去，自己更是惭愧，心一酸，眼泪就落了下来。

平儿见状忙说：“我伺候奶奶这么多年，从没弹我一指头，我也不怨奶奶，都是那淫妇作的。”平儿说着，也滴下泪来。

贾母命人将他们三人送回房去，并吩咐：“如果再有人提此事，不管是谁，就拿棍子结结实实给他一顿。”

㉓ 和顺尽职花袭人

袭人原是贾母的丫鬟，本名珍珠，因贾母怕宝玉处没有竭力尽忠的人，便把心地善良，又恪尽职守的袭人给了宝玉。宝玉知她本姓花，想起古人诗句中有“花气袭人知昼暖”，便将她改名为“花袭人”。

袭人

这袭人有一痴处：服侍贾母时，心中只有一个贾母；服侍宝玉时，心中又只有一个宝玉。

那一日，袭人的母亲来看望贾母，顺便接袭人回家小住。一到家，哥哥与母亲便与她商量，等过了年就拿钱赎她回家。袭人一听，就大哭大闹说：“父亲去世时，你们说家境困难，就把我卖了。幸而卖到这个地方，吃穿和主子一样，又不受打骂。这会儿又要赎我做什么？权当我死了，再不必起赎我的念头！”

她母兄见她这般坚决，也就不说了。这时她的两个表妹进门说“有人找你”，袭人一抬眼，见是宝玉，心中着实吃惊。她母亲不知做什么好，袭人说：“你们不用瞎忙，果子也不用摆，不要乱给他东西吃。”一面说，一面将自己的坐褥子移了过去，又将自己的脚炉给宝玉垫了脚，然后取了腰间的荷包，拿出两块梅花香饼放在手炉里焚上，待香味幽幽地出来了，才将手炉放于宝玉怀中。

宝玉见袭人两眼微红，粉光融滑，便悄悄问：“好好的哭什么?”袭人说：“我哪里哭了，是刚才进了沙子揉的。”

宝玉的到来，给袭人添足了风光，她母亲见二人如此亲近，心下已明白袭人不肯回来的原因了。低低矮矮的小户人家，忽然来了这么个富贵子弟，又听说是衔玉而生的，院门外有好多人来看热闹。袭人怕待久了不好，便催宝玉回去。

晚上，袭人回来了，宝玉嘘寒问暖，热情得仿佛主仆的身份倒置了似的。宝玉问：“今天那两个穿红衣服的人是你什么人?”

“姨妹子。”宝玉听后，连连赞叹。袭人问他叹什么，宝玉痴痴地说：“她俩实在好看，能在我们家就好了。”

袭人冷笑道：“我一个人是奴才也罢了，难道连我的亲戚也都变成奴才不成?”宝玉心想，今天她在家里一定遇上什么事了，否则怎么这般会生气呢？只听袭人长叹一声，自言自语道：“我们姐妹从小就不在一起，如今我要回去了，她们又都要出嫁了。”

宝玉听出这里头大有文章，便紧紧追问，袭人就把家里要赎她出去的事说了。宝玉怔怔地问："为什么要赎你？"

袭人说："这话奇了。我又不是家生丫头[①]。一家人只我一人在这里，哪有长留的道理？"宝玉说："要是老太太不放你呢？"袭人却说："怎么可能呢？我又没有奇功，我服侍得好，不过是尽职而已，换一个人来，也一样会尽心的。"

宝玉急得差点儿要犯呆病了。袭人知他心里这么看重自己，也甚感安慰，便提出三个要求，说若是宝玉答应了，就不再提出去的事。宝玉说："别说三件，哪怕是三百件也依你。"

这三件事，说来说去，袭人还是劝宝玉"多读书"："你真也罢，假也罢，只是在老爷或别人面前，作个读书的样子，少惹老爷生气……"袭人依自己的见解，说了一大通道理。宝玉在一旁暗暗地笑，心想，小小年纪，哪来那么多的酸腐味？

袭人说："你若都依了我，便是八人大轿也抬不出我去了。"

宝玉笑着说："在这儿长远了，还怕没八人大轿坐吗？"

袭人用"出去"来规劝宝玉，宝玉装着做了几天"好学生"。但没过几天，就故态复萌[②]，急得袭人不知如何是好。又见宝玉日夜与姐妹们厮闹，心里更是有气。

一天，袭人见宝玉进来，便和衣倒在炕上。宝玉走过来推她，说："起来好好睡吧，别冻着了。"袭人不理他，冷冷地说："从今往后，咱们丢开手，省得叫别人笑话。"宝玉笑道："你还记得啊！"

袭人说："一百年都记得！比不得你，拿我的话当耳边风，

①家生丫头：指世代为主家奴仆的家庭所生养的女孩，这样的家庭生养的孩子从血统上来说仍然是主家的奴仆。②故态复萌：旧日的习气或老毛病重新出现。

夜里说了，早起就忘了。”宝玉见她娇嗔满面，情不可禁，便从枕边拿起一根玉簪一跌两段，说：“我若再不听，就同这个。”

至此，两人才和好了。袭人过后想想，觉得与宝玉拌嘴，如同人家小夫妻似的，不觉脸上火辣辣地烧起来。她真想劝宝玉上进，宝玉其实并不当一回事，想想自己毕竟只是一个丫头，哪来那么大能耐，不由长叹了一声。

那一次，宝玉因金钏儿投井自杀之事，遭了父亲一顿毒打，打得屁股青紫，血肉模糊，袭人叫道：“我的娘，怎么下这般狠手？若能听我一句，何至于到这地步呢？”

正说着，宝钗来了，随后黛玉也来了，探望的人络绎不绝。上灯时分，宝玉昏昏睡去，袭人略略松了口气，没想到王夫人派人来叫“二爷身边的人去问话”，袭人就去见王夫人。

王夫人见了她，便从敷药、饮食问起，袭人一一作了回答，王夫人听了才放下了心。王夫人又问：“我恍惚听到宝玉挨打，是因为环儿在老爷跟前说了什么话，你可听见了？”

袭人知道这话的分量，更清楚她与赵姨娘之间的矛盾，于是就说：“我只听说因二爷占了忠顺王府的戏子，人家来向老爷要人才挨打的。”

王夫人又问：“你还听说有别的缘故吗？”

袭人说：“别的实在不知道。我今儿斗胆在太太面前说句不知好歹的话。论理……”说了半截又咽住了，王夫人斥退了丫头们，说道：“你只管说。”

袭人笑着说：“太太如果不生气，我就说。”

王夫人有点不耐烦地说：“我生什么气？只管大胆说来。”

袭人看了看王夫人的脸，壮着胆说道："论理，我们二爷也须得老爷教训教训。若老爷再不管，将来不知做出什么来呢!"

王夫人一闻此言，便合掌念"阿弥陀佛"，对着袭人叫一声："我的儿，亏你也明白，你这话和我的心一样。我又何尝不知道管儿子呢？只是我是近五十的人了，现在只剩下他一人，他又长得单弱，况且是老太太的宝贝似的，若管紧了，假如再有个好歹，或是老太太气坏了，那就会合府上下不安。现在也只有劝一阵，说一阵，或是骂一阵，哭一阵，若是真打坏了，将来我靠谁去呢?"

王夫人说着便落下泪来。袭人见王夫人这般悲戚，也不觉伤心地哭着说："二爷是太太养的，哪能不心疼？即使我们做下人的，服侍了一场，大家落个平安，也算是造化了。要像现在，平安都难保了。哪一日、哪一时我不劝二爷？只是没有用。今天太太提起，我倒记挂着一桩事，每次来回太太，都想讨个主意，但只怕太太疑心，不但我的话白说了，且连葬身之地也没了。"说到这里，袭人的话又缩了回去。

王夫人听出话中有话，忙问道："我的儿，有话你只管说。近来我听众人在背地里都夸你，我只说你不过是在宝玉身上留心，或是在诸人跟前和气，所以只拿你与姨娘一样看待。谁知你和我说的全是大道理，与我想的一样。你有什么说什么，只要不让别人知道就是了。"

袭人也听出言外之意，以前王夫人只将她当做一般的"侍妾"，而今看来，王夫人已将她格外地看重了，已到可以与王夫人共同讨论宝玉的问题的时候了，便说道："我只想讨太太一个示下，怎么变个法儿，以后让二爷搬出园外住就好了。”

王夫人吃了一惊，忙拉着袭人的手问道：“难道宝玉和谁作怪了不成?”

袭人忙答道：“太太别多心，并没有这事，不过是我的小见识。如今二爷也大了，园内的姐妹也大了，况且林姑娘、宝姑娘又是表姐妹，虽为姐妹，到底有男女之别，日夜一处起坐方便了，不得不叫人悬心，便是外人看着也不妥。俗语说：‘没事常思事，防患于未然。’预先不防着，断然不好。再者，二爷性格，太太是知道的，他偏好在我们队里闹，倘或不防，前后错了一点点，不论真假，人多口杂，一旦影响二爷一生的声名品行，岂不完了？……近来我为这事日夜悬心，又不好说与人知，唯有灯知道罢了。”

王夫人听了这话，如雷轰电掣一般，正触着了金钏儿之事，心头越发感激，忙笑着说：“我的儿，你竟有这个心胸，想得这般周全。难为你成全我娘儿两个的声名体面，我真不知道你竟有这般好。好了，你且回去，我自有道理。”

袭人自知这番话说到王夫人的心里，自己也该见好就收了。王夫人三次叫她“我的儿”，在袭人看来，大有“知遇之恩”。正当袭人抬腿要走时，又被王夫人叫住：“我今天把他交给你了，好歹留心，保全他，就是保全我。我自然不会亏待你。”

王夫人真是令出必行的人。自这一个月起，袭人涨了月银，与赵姨娘、周姨娘等同，每月二两，外加属于大丫头的月银一吊钱，双重身份，双重待遇。

夏天的午后，宝钗顺路进了怡红院。不想一入院内，鸦雀无声，一边两只仙鹤也在芭蕉下睡着了。宝钗顺着游廊到房中，只见外间床上横三竖四，都是丫头们在睡午觉，里间宝玉睡着了，袭人像守护婴儿似的坐在床边，手里做着针线，旁边放着一柄贵重的拂尘①。宝钗笑道："你也过于小心了，这屋里哪里还有什么苍蝇、蚊子？用拂尘赶什么？"

袭人不防有人，吓了一跳，赶紧让座。宝钗见她在绣肚兜，只见肚兜上红莲绿叶，五色鸳鸯，十分好看。宝钗明知故问："这么鲜亮的东西，谁的？"

袭人向床上努嘴儿，宝钗笑道："这么大了，还戴这个？"袭人笑了："他原是不肯戴，所以特地做精致了，哄他戴上。如今天热，睡觉时即使盖得不严些，也不怕了。"

袭人自从升了待遇之后，就格外用心了，事无巨细，从宝玉的穿戴到吃喝，没一样不经心。即使是丫头们在一起取乐时，她也会正儿八经地找个事做。

一日宝玉从外面回来，见众丫头吵吵闹闹，独不见袭人，问晴雯，晴雯笑着说："袭人么，独自在屋里'面壁'呢！你快去瞧瞧吧，或者此时参悟②了，也未可定。"

宝玉听说，一面笑，一面走到里间，只见袭人手中拿着一根灰绦子③，正在打结子。宝玉说："这么热的天，你也该歇歇了，或玩玩，或走走，打这干什么？"

袭人说："我见你戴的肩套还是东府蓉大奶奶结的。你虽不

---

①拂尘：掸尘土和驱除蚊蝇的用具，柄的一端扎马尾。②参悟：佛教指参禅悟道，泛指领悟(道理、意义等)。③绦(tāo)子：用丝线编织成的圆的或扁平的带子，可以镶衣服、枕头、窗帘等的边。

讲究，若叫老太太看见，又要说我们偷懒了。”

袭人这个人，明明是自己心里想做的事，却要拿个大道理摆在明处。一千个小心，一万种涵养，事事求其妥帖，人人求其和好，样样委曲求全。合府上下，除了宝玉的奶妈一直骂她“妖狐”，晴雯始终和她作对外，连刁钻刻薄的赵姨娘也说她的好话。

虽是这样，袭人做人已十分难了，她要时时向王夫人禀告。抄检大观园时，四儿私下说的话，芳官让宝玉把五儿拉进怡红院做丫环的事，王夫人都一清二楚。也因为这样，王夫人撵走了一批丫头，其中也包括病中的晴雯。宝玉心中犯疑：是谁这样多嘴多舌？等王夫人走后，宝玉便倒在床上伤心痛哭起来，说：“我最终不知晴雯犯下何等滔天大罪！”

袭人说道：“太太嫌她生得太好了，未免轻佻①些。太太深知这样的美人，定不安分，所以嫌她。”

宝玉问：“这也罢了。我只是想不通别人的不是太太都知道，单单挑不出你的不是来？”

这话也说得太明白

蒋玉菡(琪官)

①轻佻(tiāo)：指言谈举止不庄重，轻浮。

了，袭人不由得心里一动，低头半日，无可回答。

宝玉恨恨的，却又不知应当去恨谁，这时发现眼前的一盆海棠，无故地枯死了半边。宝玉说："好端端一盆海棠，无故死了半边，我知道有异事，不料竟应在她身上。"

袭人一听，真是可笑可叹，说道："那晴雯是个什么东西？她纵然好，也比不过我，这海棠，要比也当先比我，也轮不到她，想是我要死了。"

这才把宝玉的嘴堵住。不过，从那以后宝玉便不再信她，即便去探晴雯，也是悄悄地溜出去，回来后也不告诉她。

后来，宝玉出了家。袭人本想一死了之，但又怕对不起贾府，也想过回到家里去死，又怕对不起哥哥，最后只好嫁给戏子蒋玉菡。婚后，才知道丈夫对她那么好，当然要好好地守着丈夫活下去，还要生一男半女，以对得起丈夫。

㉔ 贾琏偷娶尤二姐

宁国府贾敬信奉道教，一日，因吃了秘制的丹砂中毒身亡，停灵于铁槛寺。贾珍、尤氏夫妇和儿子贾蓉在铁槛寺守灵。贾珍派人接了尤氏的继母和小姨尤二姐、尤三姐来家中照管。

尤二姐温柔，尤三姐泼辣，虽是一样天姿国色，却各有一番风韵。东府住进了尤氏姐妹，惹得西府的贾琏如一只苍蝇，以替贾珍料理家务为名，整日往东府去。尤三姐淡淡相对，尤二姐却十分有意，与贾琏眉目传情。

一来二去，贾琏便有了野心，却又不敢轻举妄动。尤二姐也希望能名正言顺地跟上琏二爷，将来可以有个依靠，只是自己自幼与张华有婚约，虽然张家已败落，但毕竟是件麻烦事，另外风闻琏二奶奶是有名的风辣子，很怕没好日子过。

那日，贾琏去东府，见尤二姐与丫鬟在炕上做针线，便搭讪着讨好尤二姐，一眼瞥见二姐手里有个荷包，便说："我槟榔荷包忘了带来，妹妹若有，赏我一口吃如何?"说完就近身去拿，尤二姐怕被人撞见不雅，连忙将荷包丢了过去。

贾琏接在手中，拣了半块吃剩的放在嘴里，二姐假装没看见。这时丫鬟送上茶来，贾琏一边吃茶，一边暗暗将自己随身佩戴的一个汉玉九龙佩解下，拴在手巾上，趁丫头回身时扔了过去。尤二姐也不去拿，只装作没看见。

忽然后面一阵珠帘响，原来是尤老娘与尤三姐进来了。贾琏给二姐递眼色，叫她收起来，谁知她只是不理。贾琏无计可施，只好硬着头皮迎上前去打招呼。一面又回头看尤二姐，只见尤二姐笑着，没事人似的；再回头看时，手巾已不知去向。贾琏心中已有了底，不久便告辞回去了。

自此之后，贾琏铁了心，不去顾忌王熙凤，他要侄儿贾蓉做媒，办成这件好事。先是以二十两银子威逼利诱，打发了张华，又在花枝巷觅了新居，又买了两个丫头服侍。等到初三黄道吉日，用一顶花轿将尤二姐抬进了新房。

好事初成，贾琏又让老妈子等以“奶奶”相称，又将自己积攒多年的私房钱交予尤二姐保管，并说只等凤姐一死，就接她回去做正室。尤二姐心花怒放，以为自己终身有了依靠。

贾琏偷娶尤二姐

一晃间，两个月过去了，一切都平平安安。尤二姐日子过得平静，心里却觉得不安，趁贾琏外出时，摆酒给琏二爷的心腹小厮兴儿吃，一边哄他喝酒，一边问他话儿："家里奶奶多大年纪？怎么个厉害的样子？"

"提起我们奶奶，她心里歹毒，嘴里尖快。"这时兴儿已有了三分醉意，口里就没了遮拦，"除了老太太，没有不恨她的。为了哄老太太高兴，她恨不得把银子钱都省下来堆成山，好让老太太说她会过日子。殊不知苦了下人，她讨好。"

二姐觉得很奇怪，她怎么会触怒众人？兴儿说："你想，有好事时，她抢在前面。若有不好的事，她就一缩头，不仅推给人家，还要说风凉话，挑拨离间。如今连她婆婆都讨厌她，说她是'雀儿拣着旺处飞'。"

二姐说："我不信她这样歹毒，以后我还想去见见她呢。"

兴儿连连摇头，说："不可不可。她是'嘴甜心苦，两面三刀'，'上头一脸笑，脚下使绊子'，'明是一盆火，暗是一把刀'。奶奶你哪是她的对手？我们二爷都怕她，凡丫头们，只要二爷多看一眼的，她就有本事当着二爷的面打她个烂羊头似的。"

二姐曾旁敲侧击地问贾琏，贾琏说凤姐很能干，上上下下几百口人的大家庭都亏她一人调理，这样的事爷们也没有几个能胜任的。说这话时贾琏有几分敬佩。听兴儿说，凤姐才十八岁，也没识得几个字。二姐生在小户人家，终年脚不出户，遇到的人大都善良，刁妇蛮婆未曾见过，所以不相信凤姐有这么可怕。她认为人心都是肉做的，只要自己以礼待人，难道她还会把我吃了？所以尤二姐也不太把这件事放在心上。心想只要能生个儿子出来，将来就不怕了。她摸摸自己的肚子，觉得已是有喜的模样，在吃食上也有异样，最近想吃酸咸菜了，且动不动就呕吐。她本想告诉贾琏，但还未请医生看过，也不敢说，正巧贾琏去平安州办事，心想等他回来，再给他一个惊喜不迟。

哪知，贾琏在外娶了个二奶奶的事早已传到了凤姐耳中，只是她不露声色，但等贾琏前脚走，她就带了一伙人去叩花枝巷的门。

老妈子一听吓得魂魄俱散，赶紧去报。尤二姐虽是一惊，但一想，迟早总有这一天的，便整了整衣衫迎了出来。二姐来到门前，正值凤姐下轿进来，便在门槛内行了跪拜大礼，凤姐连忙赔笑还礼。二姐心里稍安了些。

凤姐拉了二姐的手一同进房。二姐忙命丫头拿褥子让坐，很得体地说："妹子年轻，今日有幸相会，若姐姐不弃寒微，凡事只求姐姐指教，情愿倾心吐胆，服侍姐姐。"说罢，又行了礼。

凤姐忙下座还礼，雍容大度地说："我也劝过二爷，早办这件事，若生个一男半女，连我以后都有靠了。不想，二爷反以为我妒忌，私自办了，真叫我有冤无处诉。"

话音未落，便呜呜咽咽地哭了起来。二姐哪里见过这种阵势，一见眼泪早就把平日听闻的闲言丢在一边了。

"今天我亲自过来拜见，只求妹妹体谅我的苦心，起动大驾，挪到家中，你我姐妹同居同处，合力谏劝二爷谨慎世务，保养身子，这才是正理啊。"

随凤姐一起来的丫头、老妈子，都齐声称颂凤姐平日的许多善政，只是吃亏心太痴了，惹人怨，又说："已预备了房屋，奶奶进去，一看便知。"二姐心里想："小人不遂心，诽谤主子也是常有的事。"所以她倾心吐胆，已把凤姐认为知己了。

不出两个时辰，凤姐就将尤二姐哄上了车，一起前往贾府，又悄悄地告诉尤二姐：“我们家的规矩大，这事老太太、太太还一概不知，倘若知道二爷孝中娶你，说不定会把他打死了。你先在园子里住两天，等我设法回明白了，再见老太太和太太方妥。”

尤二姐入大观园

二姐也不疑心，想想大户人家有大户人家的规矩，下了车从后门进去，越往里走，二姐越觉得脚步沉重。

凤姐将她安置在稻香村，与李纨同住，说好了先暂住几天，随即又将二姐的随身丫头及老妈子都撤换了，并吩咐园中媳妇们好生照看着尤二姐。众人暗暗纳罕①，弄不清凤辣子为何这等贤惠起来了。

大观园中众姐妹待尤二姐不薄，加之二姐性情温和，很快与园里众姐妹相和了。

谁知不出几天，凤辣子派来的丫头善姐就使起刁来，二姐要一瓶头油，不但不给，还抢白二姐不体谅人，动不动就拿“咱们

---

①纳罕(hǎn)：诧异，惊奇。

又不是明媒正娶来的”来压她。渐渐地连饭也端得不正常了，或早一顿或晚一顿，且送来的皆是冷饭剩菜。二姐说了几次，丫头反瞪着眼叫唤起来，二姐怕人笑话她，只好忍气吞声。

凤姐隔三岔五地会过来一次，和颜悦色，拉着尤二姐的手妹妹长妹妹短的，说得她不忍开口诉苦，反而想：“下人不知好歹也是常情，我要告了她们，反叫人说我不贤良。”因此反而为丫头们说好话。

在这期间，凤姐一面拿出二十两银了，唆使张华上告，告贾琏国孝、家孝之时，背旨瞒亲，依财仗势，强逼退亲；一面又打点三百两银子买通都察院，只虚张声势，惊吓旁人。其时，又率众奴去东府大闹，拉着尤氏要去老太太处评理。吓得贾蓉又赔笑脸又赔银子，还摆了一桌酒赔不是。

凤姐回到园内把张家打官司的事直言告诉尤二姐，还请她放心，说“一切有我”，说得尤二姐感激涕零。凤姐又说既已闹到官府，贾琏“偷娶二奶奶”的事再也瞒不下去了，说着拉了她去见贾母。

贾母屋里，笑声盈门，大观园里的姐妹们都在，老太太忽见凤姐牵了一个标致的小媳妇进来，忙问：“这是谁家的孩子？好可怜见①的。”

“老祖宗细细地看看，好不好？”凤姐说罢又拉了二姐说，“这是太婆婆了，快磕头。”

贾母上下瞧了瞧，仰着脸问：“你姓什么？今年十几了？”

---

①可怜见：可怜，犹言可爱；见，词尾，无义。

凤姐便把事先想好的话摆布一遍，跪在贾母跟前说：“少不得老祖宗发善心，先让她住进来，一年后再圆房。”

贾母见凤姐如此识大体，哪有不答应的理。这样，二姐便一一拜过长辈，挪到凤姐为她备下的厢房居住。

夜里，二姐只觉得如大病一场，但再想想，仿佛久已担心的凶险已过，以后，只要依顺凤姐，过一个安心日子就是万福了。

多日后，贾琏办完事回家，先去花枝巷，一看人去楼空，心中甚是不安。去贾赦处回明公差之事，贾赦一高兴，便赏了他一个十七岁的丫头秋桐做妾。这使贾琏暗暗得意。回到家又见凤姐与二姐相处和睦，也放下了一段心事。

秋桐来后，二姐受了冷落。凤姐外面待二姐自不必说，只是心中又怀他意，在无人处，又揭她的短：“妹妹的名声不好听，说妹妹在家做女儿时就不干净。我听了气得要死，茶饭也吃不下去。”

这样的话说了几遍，二姐羞愧难当，无地自容。那以后，凤姐便推说有事，再不和二姐一起吃饭了。每日命人端了饭菜送到二姐房中，但都是些残羹剩饭。平儿看不下去，拿自己的钱做了几个菜给二姐吃，被凤姐知道后骂了一顿。打那以后平儿再也不敢亲近尤二姐了。

园中的姐妹们暗暗为二姐担心，却也不敢多言。二姐在无人处，暗流眼泪，却不敢抱怨半句，因为从外面看，凤姐没有一点不好。

秋桐也不是盏省油的灯，在凤姐的唆(suō)使下，天天在尤二姐的窗下指桑骂槐①，气得二姐整天躲在房里哭泣，茶饭不思，却又不敢告诉贾琏。

风言风语传到贾母耳朵里，贾母以为是尤二姐的不是，问她，她又不敢直言，于是更以为是尤二姐的过错，便不再喜欢她。众人见状，又不免踩踏起来，弄得二姐求死不能，求生又不易。

尤二姐本是那“花为肠肚，雪作肌肤”的娇俏之人，哪经得起这般折磨。不出一月，便黄瘦下去，但腹中胎儿倒是渐渐有了形状。那日，贾琏来时，因无旁人，尤二姐便哭诉道：“我怕是不能好了。来了半年，腹中已有身孕，但不能预知男女。倘天见可怜，生下来还可，若不然……”

贾琏听说她有喜，心中十分高兴，真盼她能生个儿子下来，便说：“你只管放心，我请医生来治。”即刻命人请来大夫。大夫说，经水不调，需要大补。贾琏又提醒他：“她常呕吐，已有三月，恐是胎气。”大夫却断言不是胎气，是淤血凝结。开了一方，便辞别而去了。

贾琏命人抓来药，好好调服下去，但到半夜的时候，尤二姐腹痛不止，竟将一个已成形的胎儿打了下来。二姐血流不止，昏了过去。

贾琏另请太医给她诊脉，太医说：“本来就血气亏弱，受胎以来，心气郁结，那位先生误用了虎狼之药，如今元气大伤，恐一时难愈。”

---

①指桑骂槐：指着桑树数落槐树。比喻表面上骂这个人，实际上骂那个人。

贾琏追查是谁请的庸医，却查不下去。这时凤姐比贾琏更急十倍，烧香拜佛，即使是旁人看了，也无不为之感动，谁还会去怀疑她呢。

二姐躺在床上，想娘，也想死去的妹妹，想来想去是自己不该进贾府，害得如今喊天不应，喊地不灵。到这时她才明白当日兴儿说的“明是一盆火，暗是一把刀”的王熙凤是如何的一个人；想想贾琏待自己也不及从前，见了个秋桐就已忘了自己，而今秋桐受宠，将来再有个春桐、夏桐什么的，哪里还会把自己放在心上？况且自己病已重，胎儿也已被打下，这世上再无她可牵挂的事了，何必再受这些气？不如死了倒干净，一了百了。

夜深人静，尤二姐将自己梳洗干净，穿戴整齐，便开箱找了一块金子，也不知有多重，几次狠命一吞，方咽下。

第二天早晨，丫鬟、老妈子见尤二姐不叫人，乐得开心。平儿看不过去，骂了她们一顿，她们才急急推进门去，却见尤二姐齐齐整整地死在炕上。

当下合宅皆知，贾琏搂尸大哭不止，凤姐也假意哭道：“狠心的妹妹，你怎么丢下我去了？”

贾琏自知对不住尤二姐，希望能让尤二姐的棺木进铁槛寺。王夫人同意了，但贾母听说是痨病①死的，说不准进家庙。

可怜尤二姐，生前遭人妒，死后被人弃。虽说名为贾琏的二房奶奶，死后却只能在郊外挖了一个穴，破土埋葬了。

送殡那日，凄风苦雨。除了贾琏，只有东府的尤氏婆媳。

---

①痨(láo)病：中医指结核病。

㉕ 尤三姐耻情归地府

话说尤三姐跟着母亲与二姐一起住进了宁国府，代大姐尤氏照管家事，贾敬的灵车前呼后拥地出去后，偌大一府，顿时清静下来，真有点人去楼空的味道。

贾敬一死，宁国府当是贾珍为长了。贾珍的媳妇尤氏生性胆小怕事，凡事都不敢做主，一切听贾珍摆布，一点也不像西府的当家媳妇王熙凤，有呼风唤雨的本领。

自从尤大姐嫁了贾珍，尤家二姐妹自小就进出宁国府。从前珍大爷对她们并不关心，但自两姐妹长大成人后，珍大爷就像变了一个人，经常请她们母女三人过来小住。尤三姐看二姐与这位大姐夫有点不清不白，很是生气，既看不起贾珍，也讨厌二姐的不自重，然而又无可奈何，弱女寡母的，总得仰仗贾家照应。

在这清静的时日，西府的琏二爷老是有事没事地找上门来，一对色迷迷的眼睛没安好心，尤三姐冷冷相待，尤二姐却觉得妹妹太不给人脸面，所以总是赔上笑脸，应酬贾琏。没想到，一来二去，二姐有意琏二爷了，三姐忙给她敲警钟：“姐姐，可要前后思量清楚。琏二奶奶王熙凤可是有名的凤辣子，不要拣个火坑往里跳。”

二姐轻声否认：“我自有主张。”

那一日，贾琏与贾蓉一起来看她们娘儿仨，临别时只听见贾蓉对尤老娘说：“那次我和老娘说的，我父亲要给二姨娘说姨父，就和我这叔叔的相貌一样，老娘说好不好？”

说完，悄悄用手指着贾琏，向尤二姐努嘴。二姐红了脸，没吭气。尤三姐听了却似恼非恼地骂道：“坏透了的小猴儿崽子！早晚我撕了你那嘴呢！”

三姐的厉害是他叔侄俩吃不消的，二人见话已挑明，便笑着跑了出去。

尤老娘征求二姐的意见，二姐不答，许久才说“凭娘做主”。三姐却极力反对，理由是二房地位低下，大房又太狠辣，更有这些花花公子以后三房四妾地娶进来，哪有安心日子过。

二姐却答应了，那边就紧锣密鼓地筹办婚事。没多久，就在花枝巷置房另住，尤三姐也和母亲一起跟了过去。

两日后的一个晚上，贾珍打听得贾琏不在新房，便带上两个心腹小厮，悄悄进了花枝巷。贾珍先是见过尤氏母女，然后请二姐出来相见。尤二姐命人备下酒馔（zhuàn），又略陪了一会儿，喝了两盅酒便推故走了。

那贾珍是醉翁之意不在酒，二姐一走，便自觉没趣。这三姐虽然美色过人，但一张嘴尖酸刻薄，谁也别想讨得便宜。何况有尤老娘在场，贾珍不敢太露轻薄。

不料贾琏回家，一听珍大爷在上房，便有一股醋意，但进了卧室，却见二姐安分在家，醋意顿消。忽然，贾琏冒出个主意：“依我的想法，不如叫三姨儿也合大哥之意，成了好事，怎么样？”

二姐说："虽是个好主意，但妹妹脾气不好，怕大爷脸上下不来。"

贾琏当胸一拍，说："这个无妨，我现在就过去。"

贾琏推门进去，贾珍被吓了一大跳，不觉羞惭满面，连忙起身让座。

贾琏却说："大哥何必如此？咱们是弟兄，大哥要多心，我倒不安了。"贾琏又笑着向三姐说道："难得大哥到此，我和三姐、大哥一同吃两杯。"

三姐早看透了他们两个，心想若不撕破脸皮发个狠，难免被这一对现世宝玷污了去。尤三姐站在炕上，指着贾琏骂道："清水下杂面①，你吃我看。你别糊涂油蒙了心，打量我不知道你们府上的事！你们哥俩花了几个臭钱，想拿我们姐妹来取乐。你们打错算盘了！"

三姐又道："我知道你老婆难缠，如今把我姐姐拐作二房，我也要会会这位凤奶奶，若大家和好便罢，倘有一点叫人过不去，我先把你俩的牛黄狗宝②掏出来！"说罢拿起酒杯，自己先喝了半杯，揪过贾琏脖子就灌，说："我和你大哥喝过了，咱们也亲近亲近！"

贾珍、贾琏没想到这三姐如此拉得下脸来，被她一席话吓得呆若木鸡。三姐越发大声叫道："将姐姐请来，要乐，一起乐！

---

①清水下杂面：杂面是一种以绿豆为主制成的面条，煮的时候要多加油，味道才不涩。如果只用清水煮，便不堪吃。所以这句歇后语的下文是"你吃我看"，也就是"我只看而不吃"的意思。 ②牛黄狗宝：牛黄，牛胆中的结石；狗宝，狗脏器中的结石。两者都是内脏病变的产物，因此比喻坏透了的心肠。

你们哥俩，我们姐俩！”

贾珍慌得想溜，三姐哪里肯放？她索性卸了妆饰，故意露出葱绿抹胸，底下绿裤红鞋，鲜艳夺目，忽起忽坐，忽嗔忽喜，没半刻斯文，把贾珍兄弟二人弄得欲近不敢，欲走不能。尤三姐一会儿问贾珍：“三妹妹美不美？”一会儿又问贾琏：“三妹妹俊不俊？”兄弟俩全傻了，别说调情斗口齿，竟连一句响亮的话都没有了。

一时，三姐酒兴尽，把他兄弟俩撵走，自己关门睡了。从此，丫头婆娘略有不周到的，三姐便将他兄弟俩叫来痛骂一顿。从此，贾珍不敢轻易再来。贾琏也不知如何是好，真巴望拣个人，将她一嫁了之。但尤二姐不肯，要挑个好的，也要合妹妹心意的，才对得起早死的父亲。

二姐将这一番心意对三姐明言。贾琏也一口应承，只要三姐开口，他一定尽力去办。

没想到三姐一点儿不害羞，说：“如今姐姐和妈妈有了安身之处，我也要自寻归宿去。不是我女孩儿家没羞耻，必得拣一个素日可心如意的人，才跟他去。”

贾琏听话中有话，笑问是谁。三姐道：“二姐横竖知道的，不用我说。”

哪知二姐就是想不起，贾琏却拍手笑了：“我知道，这人必定是宝玉！”

三姐闻言啐了一口：“我们家有姐妹十个，也嫁你们弟兄十个不成？”

众人听了更诧异。三姐又说：“姐姐只往五年前想就是了。”

原来，五年前，老外婆做生日，请了一个戏班子，里头有个演小生的，叫柳湘莲，尤三姐只看了他的一场戏，便有了爱恋之心，称道他的人品才貌，表示非他不嫁。这柳湘莲秉性耿直，路见不平，拔刀相助。那一年，薛家大公子想占他的便宜，他竟把薛蟠打了个半死。

贾琏说："一个戏子没有家底，你跟了他，不会有好日子过。你要想好了。"

三姐说："我不是那种贪财贪势的人。"

贾琏又说："柳湘莲爱管闲事，难免有横祸飞来，你也要想好了。"

三姐说："我想过了，若跟定了他，吃苦愿意，受罪愿意，他死我也跟了一块儿死，再不，就剃了发当姑子去。"

贾琏见她吃了秤砣铁了心，也就只好领了这件事。

世上竟有这般巧事，贾琏不费吹灰之力，就带回了柳湘莲的订婚之物：一把祖传的鸳鸯剑。三姐拿出来看时，却见是两把合体的剑，冷飕(sōu)飕，明晃晃，如两痕秋水一般，顿时喜上眉梢，连忙收好了，自喜终身有靠。

哪知柳湘莲八月进京，在宝玉处将订婚之事说了，宝玉笑道："大喜，大喜！果然是个古今绝色，能配你的为人。"

湘莲道："既这样，她如何只想到我？"

于是宝玉就将尤家的内情一摆，末了还说："她是珍大嫂子的继母带来的两位妹子，真正的一对尤物①，她又姓尤。"

---

①尤物：指优异的人或物品（多指美女）。

言者无心，闻者有意。“尤物”是什么？湘莲一听就顿足道：“这事不好，你们东府里，只有那两只石狮子是干净的。”

这话说得宝玉也生气了：“你既深知，为何来问我，连我也未必干净了。”

柳湘莲是性情中人，与宝玉辞别后，就来找贾琏。贾琏连忙迎出来，把他请到内堂，和尤老娘相见。湘莲只是作揖，口称“老伯母”，自称“晚生”。① 贾琏听了，很是奇怪。

尤三姐

吃茶之间，湘莲委婉推说四月间由姑母订了婚，要从了琏二爷，就是违背姑母，似不合情理，所以只好来索取鸳鸯剑，以顺从姑母。

贾琏很不自在，便说：“你错了。定者，定也。婚约之事，哪能儿戏？这断断使不得。”

湘莲满面笑容，却是斩钉截铁要退亲。他起身对贾琏说：“请兄到外面一叙，这里不便！”

尤三姐听说柳湘莲进门，原是欢欢喜喜躲在房内偷听，哪里晓得好事成梦。心想定是他在外头听到了什么不好的话，把她当做水性杨花②之流，不屑为妻。若容他与贾琏争辩起来，自己也觉得无趣。一听贾琏同他要出去，尤三姐连忙摘下鸳鸯剑，将一

①这几句是说湘莲初见尤老娘，不行跪拜等“大礼”，称呼上也表示不承认岳母、女婿的关系。晚生，后辈对前辈谦称自己。 ②水性杨花：形容妇女作风轻浮，用情不专一。

柄雌剑藏在手肘(zhǒu)后。

出来便对柳湘莲说道："还你定礼!"顿时泪如雨下。三姐左手将剑并鞘(qiào)递与湘莲，右手往颈上一抹。只可怜"揉碎桃花红满地，玉山倾倒再难扶"。

尤三姐倒在血泊之中。尤老娘一面嚎哭，一面大骂柳湘莲，命人捆了送官。二姐忙劝阻道："人家并未威逼她，是她自寻短见，你若送官，反生事出丑，不如放他去吧。"贾琏想想也是，便松了手，命他快走。这时，柳湘莲反倒不动了，哭泣道："我并不知道她是这等刚烈贤妻！真是可敬！是我没福消受。"然死者已矣，悔也晚矣。

入殓①时，柳湘莲扶着棺木大哭一场，方告辞而去。昏昏沉沉地往外走，忽然看见尤三姐捧着鸳鸯剑，向他走来："我痴心等你五年，你果然是冷心冷面!"说完，一阵香风不知去向。湘莲惊醒，却发现自己在一座破庙里，旁边有个跛道士在捉虱(shī)子。湘莲起身问他："这是什么地方？敢问仙师法号？"道士说："我也不知道是什么地方，我也不知道自己是谁，只是暂来歇歇脚而已。"湘莲听了不觉寒冰侵骨，抽出那把雄剑，割了头发，跟了那道士不知去往何方。

①入殓(liàn)：把死者放进棺材里。

㉖ 俏司棋情烈魂归西

司棋也是家生的丫头，稍大即被带进府里做了婢女，起初与鸳鸯、袭人一起伺候老太太，后被派到迎春房里。小姐迎春的柔弱无骨与丫头司棋的刚烈形成鲜明的对照，司棋明里暗里都被老妈子们称作“副小姐”。

司棋跟了迎春以后，什么都称心如意，只是每每过节什么的，总要请假回家，私下与青梅竹马的表兄潘又安相会，二人眉来眼去旧情不忘，最后私订了终身。春去秋来，彼此又多了情感，在家有父母在场，有很多不便，于是司棋就私下买通管园子的老婆子，在黄昏时分放她表兄进来。

司棋

那一天司棋早就魂不守舍了，天还没黑就到园门口去张望，她表兄到薄暮时分才来，两人在桂花树下，芭蕉叶前，情投意合，卿卿我我，早已有万般风情了。哪知，这个偏僻的角落今天却不平静，远远的有人过来，不提灯笼，也没有伴儿，就像是冲着他俩来的。

司棋有点心慌，拉了表兄就往假山后面躲，却被来者叫出了姓名："司棋，我早看见你了，别吓唬我了。"原来是鸳鸯，"你再躲我就喊捉贼了。这么个大丫头，没个白天黑夜的只是玩。"

这话吓得司棋本来就虚空的心更添了几分忐忑(tǎn tè)，她以为被鸳鸯拿住了把柄，更怕鸳鸯叫起来惊动了别人收不了场。她自觉与鸳鸯的私交不错，便从石后跑出来，一把拉住鸳鸯，双膝跪地，说："好姐姐，千万别嚷!"

鸳鸯不知何故，忙拉她起来，笑着说："怎么啦?"

司棋满面通红，又流下泪来。鸳鸯细一回想，仿佛刚才看见的是一双人影，另一个像小厮，心中已猜出了八分，不觉自己反羞得红了脸，悄声问："那人是谁?"

司棋复又跪下道："是我姑舅兄弟。"回头悄悄对假山后的人说："别藏了，姐姐已看见了，快出来磕头。"

那潘又安听说，只得出来相见，跪在鸳鸯面前磕头。

鸳鸯忙回身要走，司棋拉住哭道："我们的性命，都在姐姐身上，只求姐姐网开一面。"

鸳鸯说："你放心，我横竖不告诉人就是了。"说罢就赶紧走了。

那潘又安被园内婆子送出门去了，只剩下司棋一个人发愣。明月在上，秋虫唧唧，四下里花木草丛暗影幢(chuáng)幢，司棋惊魂不定，一夜不曾合眼。

第二天，司棋见到鸳鸯，脸就白一阵红一阵，总觉得不好意思。由于心中不安，司棋每日茶饭不思，起坐恍惚。这样过了几天，不见有异样，才略略放下心来。

这日傍晚，有个婆子悄悄来说：“你兄弟逃走了，三四天没归家了，如今打发人四处找他呢！”

司棋听了，气得差一点儿昏倒，心想：即使闹了出来，也该死在一起，他是男人，就先逃走了，可见是个没情义的，于是又添了一层气。此后，她就觉得心内不快，终于支撑不住，一头倒下，生了大病。

鸳鸯知道后，来探望司棋，见司棋病得不像个人样，她就把房内的旁人都支了出去，自己立身发誓：“如果我告诉一个人，立即现世报①，你只管放心养病，别白白糟蹋了小命儿。”

司棋一把拉住她，哭着说：“我的好姐姐，如果你不告诉别人，那真是我的救命大恩人了。等我病好，我给你立一块长生牌位，天天焚香礼拜；若我死了，变驴变马报答你。”

鸳鸯边陪着一起落泪边说：“我又不是爱管闲事的人，何苦坏你名声？养好病，从此安分守己就是。”

其实，令司棋不安的另有一桩开不得口的心事，那便是潘又安送她的一个五彩绣花香囊不见了。那香囊绣工华丽精致，只是背面绣的是一对赤条条的男女。若是给好事者捡去，惹出个什么是非来就麻烦了。

司棋的担心不是没有缘由的。她的香囊让傻大姐捡着了，又被邢夫人收了去。邢夫人见了怒不可遏，去向王夫人问罪。王夫

①现世报：迷信的说法，指人做了坏事今生就得到报应。

人恼羞至极，便问凤姐。凤姐摆出许多堂堂正正的理由，证明这香囊不是她的，还说这纯属市井①绣工，不可能是园内之物。于是就引发了一场抄检大观园的轩然大波。

惑奸谗抄检大观园

那一晚，月黑风高，王夫人坐镇，由凤姐领头，率一群老妈子抄检大观园。她们一进门，就将园门反锁了。

大观园内，一直是花红柳绿，平和景象，唯有这个黑沉沉的夜里，亮起一排灯笼，悄无声息地走过一队噤(jìn)声肃穆的老婆子，除了亲戚薛宝钗的蘅芜苑外，别处都被翻了个底朝天。

查到缀锦楼时，迎春早已睡着了，丫头们刚要睡，忽听十分火急的叩门声。开门见是凤姐，不由一惊。凤姐说："不必惊动小姐。"便向丫头房里走去。

随行中有邢夫人的陪房王善保家的，因她素与园内大丫头们不和，这次乘机处处找岔子，连凤姐看了也觉得过分，所以到了迎春处，只是想看看王善保家的外孙女司棋私藏了什么。只见王

①市井：指街市，古代城邑中集中买卖货物的场所。

善保家的先搜了别人的箱子，皆无别物，翻到司棋箱子时，她只摸了几下，就说："没什么东西。"说着就要盖箱子，没料到周瑞家的眼尖，大声喝道："且住，这是什么？"

说着，便伸手拉出一双男子的锦带袜和一双缎鞋，还有一个小包袱，打开看时，里面有一个同心如意和一个字帖儿，都递给凤姐。

那帖子是大红双喜帖，上面写道：

上月你来家后，父母已觉察你我之意。但姑娘未出阁，尚不能完你我之心愿。若园内可以相见，你可托张妈给一信息……特寄香珠一串，略表我心。千万收好。表弟潘又安拜具。

王善保家的素不知道司棋有这一节风流故事，见了鞋袜，心里直发毛。凤姐笑着说："这倒好，不用做老娘的操心，就给你们弄了个好女婿来。"

这王善保家的一心想拿别人的错儿，没想到反拿住了她外孙女儿，不觉又气又臊。只是司棋虽是病着，还生生地给人拿住了把柄，倒也不哭不闹，只是低头不语，并无畏惧羞愧之色，仿佛已下了决心，做好了最坏的打算。只是一听说要把她撵出大观园时，方呼天抢地，痛哭不止，并恳求迎春去求情。迎春虽有不舍，但事关风化，也无可奈何，就只会拿话安慰她。

两天后，周瑞家的奉王夫人之命，到迎春房里去撵司棋。司棋见状，便跪着求迎春："姑娘好狠心啊！哄了我二日，如今怎么连一句话也没有？”

周瑞家的说：“你还要姑娘留你？即使你留下来也难见园内的人了，倒不如悄悄走掉，大家体面。”

司棋见已无转机，只得含泪给迎春磕头，与众人告别。一路上，司棋求周瑞家的能允许她与园内的姐妹们见一面，周瑞家的冷笑道：“我劝你走罢，别拉拉扯扯的了。”

这时正巧宝玉从外面进来，司棋忙求他帮忙，周瑞家的吓宝玉：“太太吩咐不许她在这里多磨时间，我们只知道听太太的话。”

司棋拉着宝玉哭道：“她们做不得主，好歹求求太太去！”

宝玉见状，不禁也伤心含泪，却也无可奈何。

周瑞家的向司棋道：“你如今已不是副小姐了，要不听我，我就可以打你。”

司棋被老婆子推推搡（sǎng）搡地向外走，越走她越觉得自己与这园子有着无比深厚的感情。

司棋回到家，终日啼哭。忽一日，他表兄来了，司棋的母亲见了恨得要死，硬说是他害了司棋，一把拉住就要打，那小子并不言语。谁知司棋听见了急忙走出来，对她母亲说：“我是因他出来的，我也恨他没良心，如今他来了，妈要打他，不如先勒死了我。”

母亲骂道：“不害臊的东西，你心里要怎么样？”

司棋说道：“一个女人配一个男人。我一时失脚①上了他的

①失脚：比喻受挫折或犯错误。

当，我就是他的人了，决不肯再跟别人。我恨只恨他胆小而逃跑，今天他既已来了，妈问他怎么办。若他不变心，我在妈前磕了头，权当我死了，他到哪我到哪，就是讨饭也心甘。”

她母亲气得不得了，哭骂道：“你是我的女儿，我偏不给他，你敢怎么样？”哪知道司棋母亲的话音刚落，司棋便一头撞在墙上，鲜血直流，命归黄泉。

她母亲见司棋没救了，就要潘又安偿命。潘又安说：“你们不用着急。我在外头发了财，因是念着她才回来，心也算是真的了。你们若不信，只管瞧——”说罢，从怀里掏出一匣子金珠首饰。她母亲见了长吁短叹①说：“你既有心，为什么总不言语？”

潘又安沮丧地说：“大凡女人都是水性杨花，我若说有钱，她便贪图银钱了。如今她只为情，实是难得。我把金珠给你们，我去买棺盛殓她。”

哪知潘又安抬了两口棺材来。司棋母亲大惑不解，问：“怎么棺材要两口？”

潘又安笑笑说：“一口装不下，得两口才好。”

司棋母亲以为他伤心得糊涂了，哪知道他忙着把司棋收拾好后，拿刀往自己脖子上一抹，也死了。

司棋母亲的哭声惊动了街坊。邻里见半天出了两条人命，都扬言要报官。最后还是请了凤姐来调停。那凤姐听了这段奇闻后，说：“天底下哪有这样的傻丫头？偏偏碰上这样的傻小子，听着怪可怜见儿的。”

---

①长吁(xū)短叹：因伤感、烦闷、痛苦等不住地唉声叹气。

㉗ 软弱主子遭奴欺

迎春是贾赦的女儿，姐妹中排行第二，与贾琏是同父异母的兄妹，生母早亡，自幼胆小懦弱，心里明白，外表木讷，人称“二木头”。

迎春

那一次，她的奶妈因聚赌获罪，迎春心中很不自在，一方面她觉得奶妈该罚，一方面又觉得脸上无光，想去讨情却没有胆子。正在这时，忽报邢夫人来了。

邢夫人对迎春一顿数落：“你这么大了，奶妈做这样的事，你也不说说她。如今别人都好好的，偏咱们有事，多丢脸。”

迎春低头弄衣带，半晌（shǎng）才说道：

"我说过几次，没有用。况且她是奶妈，只有她说我的，没有我说她的。"

邢夫人很生气："胡说！你该拿出小姐的身份来，她敢不从？恐怕她还会花言巧语地来向你借贷簪环衣履做本钱。你若被骗，我是一个钱也没有的，看你怎么过中秋！"

迎春被说中了，低头不语。后天是中秋，理该穿戴齐整。去年贾母赏赐的一只累金①凤，近日忽然不见了，估计十有八九被奶妈拿去做了赌本，若是老太太问起来，自己还真不知怎么搪塞呢。迎春的奶妈一直欺她软弱，迎春身上的东西，不论贵贱，只要一眼不见，便让她拿走了，若是查问得紧，过几日又会悄悄归还。这个累金凤却不一样，迎春打了几次响雷，但她都装作没听见，也不来归还，大半是被当了还赌债了。迎春也只有暗自着急罢了。

邢夫人见她像个没嘴的葫芦，说一千道一万，只像根呆木头似的，不由得叹道："天下的事真说不清楚。你是大老爷跟前的人养的，探春也是二老爷跟前的人养的，你们两人的出身是一样的。② 如今你娘死了，但从前你娘比赵姨娘强十倍，按理你也该比探丫头强才是，怎么不及她的一半？你那好哥哥、好嫂子，一对儿赫赫扬扬，琏二爷、凤奶奶，两口子遮天盖日，他们只你一个妹妹，却没把你放在心上。你呀，若是我身上掉下来的，还有一句话好说……"

迎春倒真有涵养，任邢夫人怎么说，都不吭一声。说多了，

①累金：首饰或小器物用细金丝编制的，叫做"累金"，也称"累丝"。②这几句是说迎春、探春都是庶出。

邢夫人也终于觉得没趣，走了。邢夫人走后，丫头绣橘说："姑娘，那个累金凤也该问问王老奶奶。过节时大家都戴，唯独咱没有，如何是好？"

迎春自忖追不回来，便说："我以为她是应一时之急，谁知她竟忘了。今日偏闹出来，问也无益。"

绣橘说："怎么可能是忘记，她是摸准了姑娘的性格。我回二奶奶去如何？"

迎春忙道："罢，罢，罢，省些事吧！宁可没有了，又何必生事？"

绣橘说："姑娘凡事都要'省'起来，将来连姑娘也要骗了去呢。我去回二奶奶。"说着便走。

迎春只好由她了。正说这事，偏巧给奶妈的儿媳王住儿媳妇听见了，忙迎上来拉住绣橘，求姑娘看在从小吃奶的分上，饶了这一次："千万去讨个情面，救出她老人家来才好。"

迎春道："我自己愧都愧不过来，还去讨臊？好嫂子，你趁早打消了这妄想吧。"

绣橘插嘴道："赎金凤是一件事，说情又是另一件事，别缠在一起！嫂子先取了金凤再来说话！"

王住儿媳妇很凶蛮，说着说着便吵起来了，言语粗鲁，出口难听。迎春一肚子气恼，说："罢，罢，罢！就算我自己丢了，都给我歇去！"说罢，拿了一本《太上感应篇》① 来看。

---

①《太上感应篇》：简称《感应篇》，据说为北宋李昌龄著。全书旨在劝善，被誉为"古今第一善书"。太上，即太上老君，原名李耳，又称老子，是我国道教始祖，著有《道德经》。

这时，探春和园内姐妹们一齐进来，早就听见屋内的吵架声。迎春忙放下书去迎接。

那媳妇见探春她们进来，不劝自止，趁势要走。

懦小姐不问累金凤

探春坐定，笑着问：“我刚才听见什么‘金凤’，又是什么‘没有钱只向我们奴才要’，谁向奴才要钱了？难道是姐姐不成？难道是姐姐的月钱不够用？”

迎春笑道：“不过是她们小题大做罢了。”

绣橘赶紧告状。探春又说：“姐姐既然没有向她要，那必定是我们或者丫头们的不是了。你叫她进来，我倒要问问她。”

迎春说道：“你们又无沾带①，为何带累与你们？”

探春说道：“这倒不然。我和姐姐一样，姐姐的事和我的事也就一样。咱们是主子，自然不理论那些钱财小事，但不知累金凤因何夹在里头？”

王住儿媳妇怕绣橘说个明白，赶紧拿话掩饰。探春深知其意，笑道：“你们都是糊涂。如今太太已知道了，趁此去求二奶

①沾带：牵连。

奶，说不定还不会闹出来。”

这媳妇没想到一下子就让探春说到了真病，也不想赖了，只不敢往凤姐处自首去。

探春说：“我不听见便罢，既听到了，就少不得替你们分解分解。”她递一个眼色给丫头，丫头“得令”便走。刚巧平儿来了，宝琴拍手笑道：“三姐姐敢是有驱神召将的符术①？”

探春见平儿来了，故意道：“你奶奶真是病糊涂了，事事都不在心上，叫我们受这样的气！”

平儿忙问：“谁敢给姑娘气受？姑娘快告诉我。”

住儿媳妇方慌了手脚，忙对着平儿说：“姑娘且坐下，让我说个缘故。”

平儿正色道：“姑娘在这儿说话，也有你我插嘴的分？你但凡知礼，就只该在外面伺候！”

绣橘道：“我们这屋里是没有礼的，谁爱来就来。”

平儿指责道：“都是你们的不是。姑娘好性儿，你们该打出去然后再回太太才是。”

住儿媳妇脸涨得通红，这才退出去。迎春却像个局外人，只管看她的《太上感应篇》。

探春对平儿说道：“我且告诉你，若是别人得罪了我，倒还罢了。如今住儿媳妇的婆婆仗着二姐姐好性儿，私自拿了首饰去赌钱，还捏造假账妙算，威逼着要去讨情，和这里的丫头大吵大闹，二姐姐竟不能治，所以请你来问一声：是不是谁主使她，先

①符术：指道士巫师以符咒役使鬼神的法术。

把二姐姐治服了，就要来治我和四姑娘了？”

平儿忙赔笑：“姑娘这话儿叫我们奶奶如何当得起？”

探春冷笑道：“俗语说‘物伤其类①’，‘唇亡齿寒②’，我自然有些惊心。”

平儿说，这也不是大事，问二姑娘便是，她说怎么办就怎么办。

哪知迎春一点儿也没注意她们的对话，姐妹们为她抱不平，她却仿佛觉得与自己无关，不知，不觉，不喜，不忧，她的心思全在《太上感应篇》里。平儿再问时，她才笑着说：“问我？我也没法子。她们的不是，自作自受。我也不会去讨情，也不会苛责她们。至于私自拿去的东西，送来我收下；不送来，我也不要了。太太问起，瞒得过是她们的造化；若瞒不住，我也没办法。你们说我好性儿，没个决断，假如谁有个八面周全的好法儿，那就任凭你们处置。”

众人听了，都笑起来。黛玉笑道：“真是‘虎狼屯于阶陛，尚谈因果③’。二姐姐若是个男人，如何治得了一家上下？”

迎春笑道：“正是。多少男人尚且如此，何况我呢！”

迎春永远是个“局外人”，直至她被嫁到“门当户对”的孙家，面对一个如狼似虎的恶丈夫，也只是逆来顺受，最后被折磨而死。

---

①物伤其类：指动物因同类遭到了不幸而感到悲伤，比喻见到情况与自己相似的人的遭遇而伤感。②唇亡齿寒：嘴唇没有了，牙齿就会觉得寒冷，比喻双方关系密切，利害相关。③虎狼屯于阶陛（bì），尚谈因果：典出南朝梁武帝萧衍，当叛将侯景的军队已打到京师，围困城台时，他还一心皈依佛教奢谈因果。这里黛玉用来讽刺迎春。

㉘ 施毒计金桂自焚身

夏金桂原是好人家的姑娘，父亲早年也是在户部挂名的行商，只因去世较早，家道中落，虽不清贫，但寡母孤女却也冷清。

那一日，家门口喜鹊登枝，喳喳地叫个不停，阳光下走来了旧亲戚家的儿子薛蟠。金桂与薛蟠一见钟情，一顿饭工夫，二人早已情投意合了。薛蟠走后，马上请人来说媒。这里，自然是一说即合。不久，金桂便成了薛府的“大奶奶”。

薛蟠号称“呆霸王”，仗势欺人，聚赌嫖娼，一身恶习，但究其根底，还是直肠子一根，呆脑子一个。金桂不出一月就摸清了他的底牌，渐渐露出了自小养成的骄悍跋扈①的本性。薛蟠起初是“让”，再后来是“怕”。金桂得了手，就有恃无恐②，时而还殃及薛姨妈与宝钗。

宝钗往往能随机应变，暗暗用言语弹压其气焰，迫使金桂不得不收敛些。金桂就把气出到薛蟠的小妾香菱身上。香菱脾气好，任她怎么捉弄都是逆来顺受，次数多了，金桂自己都觉得没劲。

---

①跋扈(hù)：专横暴戾(lì)，欺上压下。②有恃无恐：因有所倚仗而不害怕。

金桂的脾气是既要称王称大，又天生不甘寂寞，每天必定要弄出点响声来，方觉得日子过得舒坦。不到半年时间，全家上下都有点忌讳她，怕她，恨她，但又无可奈何。

即使是这样，金桂也不满足，自从看见了薛蟠的堂兄弟薛蝌之后，对薛蟠就不满意了，觉得薛蟠难看、呆笨、粗鲁。可是她哪里知道，就在她嫌弃薛蟠的时候，薛蟠也对她这个新奶奶没了兴趣，一双眼睛贼溜溜地去打她的陪嫁丫头宝蟾的主意。他不时要茶要水地挑逗，有时当着金桂的面也会眉来眼去，气得金桂敲台拍桌，只是不好明的骂出来，她怕那样一来，自己真成了“孤家寡人”了。

苦思冥想很久，金桂忽然改变了态度，装出少有的“大度”，向薛蟠建议：“你既是爱她，把她收在房里不就得了。”这一下，喜得薛蟠滚下床跪着称谢。

第二天，金桂故意出门去，留下空隙给薛蟠，随后又故意叫香菱进去取东西，正好撞上薛蟠与宝蟾在胡闹，羞得宝蟾一溜烟逃走了。

薛蟠见香菱坏了他的好事，便恨之入骨。金桂却唆使薛蟠，逼迫香菱让房，让薛蟠与宝蟾成亲。

这一来宝蟾由丫头变作了侍妾，非常得意。香菱没了自己的房子，只好搭铺睡在金桂的床前。宝蟾越发得意了，与金桂一起作践香菱。

日子才过去半月，香菱一是因地铺潮湿，二是因金桂半夜里忽儿要水忽儿要茶地折腾，渐渐地面黄肌瘦，却也不敢躺下来生病。

哪知白白胖胖的金桂倒是大呼小叫地装起病来，忽儿从枕头底下抖出个纸人来，上面写着金桂的年庚八字①，并有五针刺心。这下就闹翻了天，金桂一定说是香菱要害她，迫使薛蟠狠狠打了香菱一顿。

香菱的哭声惊动了薛姨妈。

金桂怕薛蟠见了母亲手软，就号啕大哭起来："你把我的宝蟾霸占了去，我要拷问宝蟾你又护着，这会子赌气打香菱，这又何苦！治死我，不就得了！"

薛姨妈听了，气得发抖："不争气的孽障，叫老婆说霸占丫头，有什么脸面见人？也不知是谁使的法子，不问青红皂白就打人。香菱跟我去，让你拔去眼中钉。"

薛姨妈好不容易平息了这场风波。但香菱一走，金桂觉得自己输了一着，于是便把矛头指向宝蟾。哪知，宝蟾很霸气，仗着有薛蟠的宠爱，不肯低头半分，与金桂大吵起来，撒泼打滚，寻死觅活，天天都有好戏看。

家中实在是鸡飞狗跳，闹得不像样，可薛蟠又斗不过金桂，于是便借口去南边置办货物，躲开算数。

几天后就有衙役来报：薛蟠在外闹出人命，已被收监在押。急得薛姨妈像热锅上的蚂蚁。一边拿银子打发衙役，一边派侄儿薛蝌去打点照料。

这里刚作安排，那里金桂又闹将开来："平时你们夸他打死

①年庚(gēng)八字：用天干地支表示人出生的年、月、日、时，合起来是八个字。迷信的人认为根据生辰八字可以推算出一个人命运的好坏。年庚，指一个人出生的年、月、日、时。

人一点儿事也没有，如今真打死了人，就吓得手忙脚乱。大爷若有个好歹，岂不撂下我一个人受罪！”

呼天抢地的哭闹，每日必有一次，只是见惯了金桂使性，后来竟连个扯劝的人都没有了。金桂有些没趣，暗地里难免沮丧，特别是见了薛蝌，更觉得是嫁错了人，想着想着，睡梦里也有了薛蝌的影子。

金桂开始留意起自己的衣着打扮了，只要薛蝌回家，她便要巧施脂粉，有意无意地去与他搭讪。

薛蝌

薛蝌总是低眉垂眼，一副腼腆①的样子，答完话就走。越是这样，金桂的心中越是奇痒无比，犹如猫玩耗子似的，非要将薛蝌逮住不可。

薛蟠这一次的命案，不同往昔。初起拿三千两银子买通了县令，改了口供，判了“误伤”，哪知案子报到刑部，被驳回，还将那知县革了职，却又只说“承审不实”，未提着贪赃枉法这事，实是留了个窟窿让薛家拿银子去填。

薛蝌承担了这么大的压力，要上下左右去周旋，哪有半点儿闲心。一天晚饭后，刚回到房里坐定，就见宝蟾端了一个盒子进来：“这是四碟果子，一壶酒，大奶奶叫我给二爷送来的。”薛蝌

①腼腆(miǎn tiǎn)：因怕生或害羞而神情不自然。

赔笑谢过。

宝蟾又鬼兮兮地笑道："我们大爷的事多亏二爷操心，大奶奶早就想弄点什么亲自过来谢二爷。"

薛蝌说："果子留下，酒还请带回去，我一直不会喝酒。"

宝蟾不依，临行还甩下话："只怕大奶奶还要亲自来给你道乏呢。"

薛蝌不知何意，反觉有些不好意思。就在他沉思默想之时，忽听窗外"扑哧"一声轻笑。薛蝌吓了一跳，赶紧关了房门，不敢出声。猛回头，见窗户纸湿了一片，走过去觑一眼时，冷不防外头有人往里吹了一口气，还带着"嗤嗤"的笑声，吓得薛蝌和衣倒下，屏息而卧。

站在外面的除了金桂，还有宝蟾。宝蟾故意问道："二爷为什么不喝酒吃果子，就睡了？"里面漆黑一片，悄无声息，恨得金桂咬牙切齿："天下哪有这样没造化的男人？"

回到房里，金桂气未消。宝蟾出主意道："奶奶切莫心急，哪个耗子不偷油？只要奶奶对他多尽点儿心，他自会来感谢的。只要他一进咱的房，就逃不走了。如果他不答应，干脆就闹将起来……"

金桂觉得确为一着妙棋。此后，她也不再混闹了，并且待人也和善起来。

金桂的反常使薛姨妈觉得有些蹊跷，就带着丫环到金桂房里看看。不料远远地就听见有男人的声音，踏进房忽见有一个人影儿往门后一闪，把个薛姨妈吓了一跳，倒退着出来。

金桂见状就高兴地说："太太请里头坐，没外人，那是我的过继兄弟夏三，今日方到，没来得及过去给太太请安。”

金桂把夏三叫出来，向太太请安。待薛姨妈走后，金桂说：“今日可是过了明路了。我还要你买些东西，只是别叫人看见。”

夏三满口答应。从此，夏三往来不绝。

金桂一心想行宝蟾之计，一见薛蝌便拦着嘘寒问暖，忽喜忽嗔。丫头们看见了，都纷纷掉头躲开。可偏偏薛蝌像个书呆子，不论金桂做出如何有失身份的事，他依然是浑然无觉的模样。可是见了香菱，他便会多说几句话，有时还请香菱替他收藏东西。金桂知道了，就吃上了“醋”。她极想与香菱大闹一场，却又怕得罪了薛蝌，只好隐忍不发。

香菱跟薛姨妈才过了几天安心日子，没想到金桂又来算计她。那一日，金桂去恳求薛姨妈，希望能讨回香菱，薛姨妈说：“你放着宝蟾，要她去做什么？”金桂厚颜道：“我喜欢香菱温和，你放心，我不会亏待她的。”

薛姨妈无计可施，就依了她。

香菱去后，金桂果然待她很好。香菱病时，金桂亲自做了汤端给她喝。刚端到她跟

香菱

前，就烫着了自己的手，结果连碗都砸了。

香菱十分过意不去，只怨自己没福气喝奶奶做的汤。金桂自小娇贵，何时做过伺候人的事。开始香菱怕金桂发怒，哪知金桂反倒劝慰她。这一次，香菱发现大奶奶彻里彻外地变了个人，心里十分感动。

就在这一天晚上，金桂吩咐宝蟾做两碗汤，说是要与香菱一块儿喝。宝蟾心里来气，心想："香菱哪里配我做汤给她喝?"于是故意在一碗汤里多抓了一把盐，做上暗记，端了进去。

宝蟾刚放下汤碗，就被金桂支走。宝蟾再次进来时，却见盐多的那碗放在金桂面前。宝蟾心里着急，怕她喝了要骂人。恰好这时金桂向后门走去，宝蟾连忙把两碗汤对换了一下。

不料，两人刚喝完，金桂就闹肚子疼，不一会儿，两手乱抓，两脚乱蹬，七窍流血而死。吓得香菱、宝蟾大叫救命。薛姨妈等闻声赶来，一瞧就知道是喝了砒霜，吓得慌了手脚。宝蟾哭着来揪香菱，说是她毒死了金桂。薛姨妈虽不信，但也只好令人捆了香菱。

天亮后，贾府派贾琏来察看情形。宝钗进来见了母亲，薛姨妈将事情经过诉说了一遍。宝钗便说，既然汤是宝蟾做的，就该把宝蟾也捆起来，报官后一同等候处置。

于是薛姨妈一边报官，一边通知夏家。

金桂的母亲一赶到，就一声"儿"一声"肉"地闹开了，还气焰嚣张地直逼薛姨妈："你们嫌她碍眼，叫人毒死她，倒说她服毒！你说，她为什么要服毒？难道我女儿白死不成?"

说罢，拉过一张椅子就要砸人。就在这时，贾琏带了七八个家人进来，大喝一声："闹什么？刑部的老爷们就要来验尸了。"命人将夏家的儿子拉了出去。金桂母亲的气焰给煞住了。

金桂房里，七窍流血的女尸惨不忍睹。宝蟾一口咬定是香菱下的毒。

恰巧，此时从金桂的被褥底下翻出一个小包来，宝蟾见了叫道："这不是有了证据了？头几天闹耗子，奶奶找舅爷买的砒霜，搁在首饰匣内，必定是香菱见了，用它毒死奶奶的。"砒霜既有了来路，宝蟾又说出了首饰盒的事，这倒提醒了薛姨妈。没料到开启首饰盒一看，里面空空，便又去追问宝蟾。宝蟾说，是奶奶自己席卷回家了，她指着金桂的母亲说："你不是说叫她别受委屈，闹得他们家破人亡，到时将东西收拾好卷包一走，再配个好姑爷吗？"

接着，宝蟾干脆把金桂如何勾引薛蝌、如何妒忌香菱的事如数抖出，将自己存私念、放盐换碗的事也细细招出。这样，案子就自破了：是金桂放毒想毒死香菱，不料被宝蟾换了碗，害人反而害了己。

㉙ 宝玉失却通灵玉

那天宝玉在家歇息，见海棠突然开花，就出去观赏。他在海棠下看一回，赏一回，叹一回，爱一回，心中无数悲喜离合都系到这棵树上去了。正当他在胡思乱想的时候，忽然听说贾母要来赏花。他急忙进屋换了衣服，出来迎接老太太，匆忙间，未将通灵宝玉戴上。

待贾母等人观完花走后，袭人替宝玉换衣服，见宝玉的脖子上没有戴通灵宝玉，就问："那块玉呢？"宝玉说："刚才忙着换衣服，摘下来放在炕上，我没戴。"

袭人回头一看，炕上并没有玉，四处寻找，仍无踪影，吓得出了一身冷汗。宝玉说："不用着急，一定是在屋子里的，问问她们就知道了。"

袭人以为是麝月她们闹着玩儿把玉藏起来了，便笑着说："小蹄子们，开玩笑也得有个度。把那东西藏到哪里去了？别真的丢了，那咱们可就活不成了。"

麝月等都一本正经地说："这是什么话！玩是玩，笑是笑，这件事非同儿戏，你可别乱说。是你自己糊涂，不知把东西放到哪里去了，好好想想，别随便诬赖人。"

袭人见她们如此认真，不像是开玩笑，便着急地说："皇帝菩萨小祖宗，你到底放到哪里去了？真急死人！”

宝玉说：“我明明是放在炕上的，你们快找啊！”袭人、麝月、秋纹等不敢声张，偷偷地四处寻找，甚至翻箱倒柜，还是没有通灵宝玉的踪影。

袭人怀疑刚才这些人进来赏花时，不知谁捡了去，却又不能放着胆去找，只好悄悄地私下查访，派麝月、秋纹挨院子问，但都是空着手去，又空着手回来，谁都说没见过。

袭人真是又急又怕：丢玉就是丢性命！要是让贾母、王夫人知道了可不得了！可是找又找不到，报告又不敢，怡红院里的人个个吓得像木雕泥塑一样。

大家正在发呆，李纨、探春等都来了，探春先叫人把大观园的门关上，派几个人到园里各处仔仔细细地再找了一遍，一面又告诉众人，若谁找出来，一定重赏。大家起初都想要脱干系，又听说有重赏，便不顾命地混找一气，甚至连茅厕里都找了，依然不见那块玉的影子。

李纨着急了，提议要搜身，平儿第一个响应，带头解开了衣服，让李纨里里外外搜了一遍。

探春最讨厌搜身，当初王善保家的在大观园里乱搜，脸上还挨了她一巴掌。探春说：“大嫂子，你也学起那些没出息人的样子来了，要真有人偷走了，还会藏在身上？况且这件东西在家里是宝，到了外面，不知道的当是废物，偷它做什么？我想定是有人使坏。”

众人听她这么一说，想起宝玉平时的对头贾环不在这儿，但刚才赏花时却见他在宝玉房里乱钻，都怀疑到他身上，只是当着探春的面不好说出来。最后还是探春自己说了："捣乱的只有环儿，你们派个人去悄悄地把他叫出来，背地里哄着他，让他拿出来，然后吓唬他，叫他不要声张，不就平安无事了？"

众人看她胸有成竹的样子，都以为这玉一定能找到了。平儿赶着去把贾环带了过来，众人假意装出没事的样子。平儿笑着问贾环："你二哥哥的玉丢了，你看见了没有？"

谁知贾环一听急得涨红了脸，瞪着眼喊道："他丢了东西，你们怎么来问我、怀疑我，我是犯过案的贼吗？"

平儿见这样子不敢再问，便又赔笑说："不是这么说，怕三爷拿了去吓他们，所以想问问你，好让他们去找。"

贾环说："他的玉在他身上，看见不看见应该问他，怎么问我？捧着他的人多着呢！得了什么不来问我，丢了东西就来问我！"说完甩手就走。

众人见状，都傻了眼。一时，大观园里乱了套。

先是赵姨娘来添乱，她哭着喊着走进来说："你们丢了东西自己不找，怎么叫人背地里拷问环儿。我索性把他带来交给你们罢，要杀要剐(guǎ)随你们。"说着把环儿一推，道："你是个贼，快快招吧。"

气得贾环也哭闹起来。众人正要劝解，丫头来说："太太来了！"宝玉等人赶忙出来迎接。

王夫人一进门，就把赵姨娘吓得不敢做声。袭人扑通一声跪在王夫人跟前，哭着要报告丢玉的事。宝玉怕袭人担责任，就说那玉是前天去南安王府看戏时丢的。王夫人根本不信，李纨、探春就把实情告诉了王夫人，王夫人急得泪如雨下。

妙玉

这时凤姐听说了，带病前来查问。大家商量后决定，先把园门锁上，三天之内谁也不准出去，等玉找到了才放行。然后把管园子的林之孝媳妇叫来吩咐，她却提议到外面去测字，还说自己家里曾经有一件东西找不到了，让刘铁嘴测了一个字，说得很明白，一找就找到了。袭人央求她替宝玉测个字来。

一会儿，林之孝的媳妇回来了，说是测了一个“赏”字，她说刘铁嘴问也不问，便知道是丢了东西了。李纨听了说：“看来还真神呢！”林家媳妇又说：“刘铁嘴说上面一个‘小’，下面一个‘口’，这件东西必定很小，可以放在口里。他还说应该到当铺里去找。”

于是京城的当铺就忙乱起来，但是查到最后都是假的。

邢岫烟为丢玉的事去求妙玉，请求妙玉扶乩①。妙玉冷笑几

①扶乩(jī)：中国民间信仰的占卜方法。

声说："我与姑娘来往，是因为你不是势利场中人，怎么你也让我搅进这样的俗务中去?"岫烟只得赔笑说好话，妙玉不得已扶了一乩，只见那仙乩书道：

> 噫！来无迹，去无踪，青埂峰下倚古松。欲追寻，山万重，入我门来一笑逢。

岫烟请妙玉解释，妙玉说："他们聪明人多着呢!"岫烟只得拿回来请众人解。园内的姐妹们琢磨了很久，都说："看来，一时要找是找不着的，然而丢是丢不掉的，不知什么时候它自己会出来的。"

大观园里捕风捉影地混找，闹得园内鸡犬不宁。宝玉因丢了玉而犯了傻病，一天到晚不说话，不做事，也不上学，像丢了魂似的。开始大家没在意，那天元春突然死了，贾母、贾政、王夫人忙过丧事，发现宝玉连说话都糊涂了，吃饭喝水都不知道要了。

贾母这才知丢玉的事情，咳道："那是宝玉的命根子，这还了得!"急得老太太让人到外面去贴告示：若有人捡到送回，赏银一万两；若有知情人报信，赏银五千两。王夫人明知白费心，也不敢多说。贾母又让宝玉搬到她那儿去住，说她屋里干净些，且经卷多，可以念念定定心神，并由袭人、秋纹跟过去伺候。

几天后，真的有人找到荣府来，口称送玉。家里的人听说了，高兴得不得了。只见那人掏出玉，托在掌中一晃，口气硬硬的，说是一手交银一手交玉，喜得门子连忙进去报信，把个袭人乐得合掌念佛，贾母连声说：“快叫那人到书房坐下，将玉取来一看。”

贾琏赶紧把那人请进来，用好言道谢：“要借这玉送去验证，谢银是分厘不会少的。”那人只得将玉拿出来。

以假混真宝玉疯癫

这件事惊动了全家，一屋子人都等着看。凤姐见贾琏进来，便劈手夺过，送到贾母手里。贾母打开看时，只觉得那玉比从前昏暗了好多，她一面擦摸，一面让鸳鸯拿眼镜来看，看了好一会儿，说：“奇怪，像倒是像，怎么把原来的宝色弄没了呢?”王夫人和凤姐都拿不准，袭人在一旁看着只觉得不像，但不敢说出来。这时凤姐就让袭人拿去叫宝玉认。

宝玉正在睡觉，被叫醒了。凤姐说：“你的玉有了。”宝玉睡眼蒙眬(lóng)，接在手里看也没看，就往地上一扔，说：“你们又来哄我。”说完只是冷笑。凤姐连忙拾起，说：“这也奇了，你看都没看怎么就知道了?”宝玉也不答言，只是笑。王夫人进屋来，见了这样子就说：“那本来就是胎里带来的古怪东西，自有他的道理。”

这时大家才恍然大悟，看来东西是照着告示仿做的。贾琏听了十分生气，大声说要抓了他送官。贾母阻止道：“琏儿，那也是穷极了的人才敢做的，若是为难了他，下次即使有真的，人家也不敢拿来了。”

书房里，那人见送进去半日没有回音，心里早已发虚，看见贾琏冷着脸出来，先软了腿脚。贾琏虚张声势道：“你这不知死活的东西，这府里稀罕你那朽不了的浪东西!”那人再不敢要回自己的假玉，抱头鼠窜而去。

从此街上传开了“贾宝玉弄出‘假宝玉’”的故事，而那块通灵宝玉却一直没有下落。

㉚ 凤姐巧施调包计

这一年，朝廷考察官员的政绩，工部将贾政立为一等。皇上念他勤俭谨慎，任命他为江西粮道①。贾政即日谢恩，奏明了启程的日期。但家中多事，一是因宝玉丢失通灵玉，神志恍惚，医治无效；二是王夫人因胞弟王子腾在进京的路上突然去世，伤心成病；加上不久前元春去世，接二连三的不幸事，使贾政心神不宁。亲朋好友来贺喜，贾政也无心应酬，想拖延赴任的日子，又不敢。正在无计可施的时候，忽听贾母那边叫："请老爷。"贾政连忙过去，见王夫人带着病也在那里。

贾母让他坐下，说："你不久就要离京赴任，我有很多话要对你说，不知你听不听？"说着就掉下泪来。

贾政忙站起来说道："老太太有话只管吩咐，儿子怎敢不遵命呢？"

贾母哽咽道："我已是八十一岁的人了，你又要去赴任，偏你大哥在家，你又不能告假离职。你这一去，我所疼的只有宝玉了，可他偏又病得糊涂。我请人替宝玉算了算命，说是找个金命的人结婚，冲冲喜，病就好了。不然只怕保不住。我知道你不信

①粮道：管理漕(cáo)粮储运等事务的道员。

这些话，所以找你来商量。你媳妇也在这里，你们两个也商量商量，是要宝玉好呢，还是随他去？”

贾政听出了贾母主意已定，忙说：“老太太当初那么疼儿子，难道做儿子的就不疼自己的儿子？我只因宝玉不求上进才恨他，也不过是恨铁不成钢的意思。今儿老太太要给他成亲，我哪能逆着老太太而不疼他呢？如今宝玉病着，儿子也不放心。因老太太不叫他见我，儿子也不敢言语。”

王夫人见贾政说着说着眼圈红了，知道心里也是疼的，便赶紧叫袭人扶了宝玉来。贾政见宝玉脸面很瘦，目光无神，大有疯傻之状，便叫人扶了进去。

贾政站起来对贾母说道：“老太太这么大年纪，想法儿疼孙儿，做儿子的哪敢违拗(niù)？老太太说该怎么办就怎么办吧！姨太太那边不知说明了没有？”

王夫人接口道：“姨太太早应了的，只是蟠儿的事没结案，所以没提起。”

贾政一听又犹豫地说：“这是一层难处，哥哥在牢里，妹妹怎么出嫁？况且贵妃薨①逝不久，宝玉应当戴孝②九个月，此时也难娶亲。再者我马上要离家，怎么办？”

有这么多不能成亲的理由，贾政原是不同意的，但因贾母与王夫人执意认为冲喜能救宝玉，他也就不能再反对了。

---

①薨(hōng)：古代称诸侯或大官等的死叫“薨”。 ②戴孝：穿戴孝服，是我国丧葬礼俗之一。根据血缘亲疏远近的不同，有不同的丧服制度和服丧期限。清时，男子为出嫁的姐妹、姑母、堂兄弟和未出嫁的堂姐妹服丧，须穿戴用熟麻布做的孝服，戴孝期为九个月。戴孝期间不能参加娱乐活动，不能举办喜寿事。

从贾母处出来后，贾政心中好不自在。加之因赴任事多，他把二十余间房子划给了宝玉，余事一概不管。

宝玉见过贾政以后，就回屋昏昏沉沉睡去，外面贾母与贾政说的话，一句也没听见，可袭人却听得一清二楚。她知道宝玉将和宝钗成亲，心里很高兴，想："老太太的眼力到底不错，她才配得上。若她来了，我可以卸了好些担子。若是林姑娘来，那可够我受的了。只是宝玉心里只有一个林姑娘，幸亏刚才他没有听到，不然又不知要闹出什么事儿来。"

袭人想到这里，转喜为悲，心想："这件事怎么办好呢？老太太她们哪里知道他心里的事！他初见林姑娘就要摔玉砸玉；那年夏天在园子里，他把我当做林姑娘，说了好些私心话；后来就因为紫鹃说了句玩笑话，弄得他哭得死去活来。如今若告诉他要和宝姑娘成婚，而把林姑娘抛在一边，除非他人事不知还可，倘若他神志还清醒，只怕不但不能冲喜，竟是催命了！我若不把话说明，那不是害了三人了吗？"

袭人打定主意，等贾政出去，她便悄悄地请王夫人到贾母后面的房中说话。一进入房中，袭人就跪在王夫人面前哭了。

王夫人不知何意，拉着她的手说："好端端的，怎么啦？有什么委屈起来说。"袭人说："这话奴才本来是不该说的，这会儿因为不说不行了。"王夫人说："你慢慢说来我听。"袭人说："宝玉的亲事，老太太、太太已定了宝姑娘了，这自然是极好的一件事。只是依太太看，宝二爷是和宝姑娘好呢，还是与林姑娘好？"王夫人说："他与林姑娘因从小在一起，所以他俩要好些。"袭人说："他俩不仅仅是好一些。"便将宝玉与黛玉的心事都一一

瞒消息凤姐设奇谋

说了。

王夫人拉着袭人说道："这事暂且不要与任何人说，等我告诉老太太后再作道理。"说完仍到贾母跟前。

贾母正在与凤姐商议，见王夫人进来，便问："袭人丫头这么鬼鬼祟祟的，说些什么?"王夫人趁机把宝玉的心事细细说了一遍。

贾母听了，叹道："别的事都好说，只是宝玉若真是这样，这可就难啦!"

凤姐想了想，说："这事难倒不难，我有一个主意，只是不知老太太、太太肯不肯。"王夫人说："你有主意，只管说出来，大家商量商量。"

凤姐说："依我看，这件事只有一个调包的法儿。"老太太忙问："怎么调包儿?"凤姐说："如今大家传出话去，说是老爷做主，将林姑娘配给了宝玉。瞧他的神情如何，要是他全无反应，也就用不着调包了。他若有喜欢的意思，这事就要大费周折了。"

王夫人问："他若喜欢，那怎么办呢?"凤姐走到王夫人和贾母身边，悄悄说出了自己的计策。

贾母叹道："这样也好，可只是苦了宝丫头了。倘若吵嚷起来，林丫头又怎么办呢?”

凤姐说道：“这个话原只说给宝玉听，外头一概不许提起，有谁知道呢!”

第二天，凤姐吃了早饭过来，要试试宝玉，进房后便说：“宝兄弟大喜啦！老爷已择了吉日要给你娶亲，你喜欢不喜欢?”宝玉听了只微微点点头。

凤姐又说：“给你娶了林姑娘呢！老爷说，等你好了就给你成亲，若还是这么傻，就不给你娶亲了。”

宝玉忽然认真地问：“我不傻，你才傻呢!”说着，便站起来说：“我去瞧瞧林妹妹，叫她放心。”

凤姐忙扶住他说：“林妹妹早知道了。如今她要做新媳妇了，自然害羞，是不肯见你的。”宝玉说：“娶过来了，看她到底见不见我?”

凤姐又好笑又着急，心想：“袭人的话不错，一提到林姑娘，他就明白多了。若真明白了，将来看到娶来的不是林姑娘，这事才难办呢!”凤姐想到这里，就说：“你好好的，她会来见你；你若疯疯癫癫的，她就不见你了。”

宝玉说：“我有一颗心，前些日子已交给林妹妹了。她要过来，把这颗心给我带来，还是放在我的肚子里。”

凤姐把这些话都告诉了贾母。贾母说：“你们说的话我都听到了。现在不去理他，叫袭人好好安慰他。”说完，三人来到薛姨妈处，把使用调包计的事告知了薛姨妈。

薛姨妈虽怕宝钗受委屈，但也没有办法，只得满口答应。回家后把这件事告知了宝钗，宝钗一直低头不语，只是暗暗落泪。

到了黄道吉日[①]这一天，宝玉乐得手舞足蹈，神志清醒，与患病时大不一样，还叫袭人快快给他穿上新装，又问袭人道："林妹妹就住在园里，为什么这样费时，现在还不来？"袭人笑着说："等好时辰呀！"

只见一顶大轿从大门进来，众人迎了上去，傧相[②]请新人出轿。大家簇拥着来到厅堂，举行结婚仪式。拜了天地，请出贾母拜了四拜，后又请贾政夫妇登堂，行完大礼，送入洞房。

宝玉见新人蒙着盖头，便走到新人跟前说："妹妹身体好了？好些天不见了，盖着这东西干什么？"说着就要去揭盖头，把贾母急出一身冷汗来。宝玉转念一想："林妹妹是爱生气的，我不可如此莽撞。"

过了一会儿，宝玉还是按捺不住，上前一把揭了盖头，宝玉睁眼一看，好像是宝钗，心里不信，自己一手提灯，一手擦眼，细细看来，果真是宝钗！众人接过灯，扶宝玉坐下。这时，只见宝玉两眼直视，一句话也不说。贾母恐他发病，亲自扶他上床休息。凤姐请宝钗到里面一间房中坐下，宝钗此时更是低头不语，两眼泪汪汪的。

宝玉定了一会儿神，见贾母、王夫人都坐在一边，就问袭人："我是在哪里？这不是做梦吧？"袭人说："今天是你的大喜日子，什么梦不梦的，别混说。老爷可在外面呢。"宝玉悄悄地问："刚才坐在这儿的美人儿是谁？"袭人说："那是新娶来的二奶奶啊！"众人也都回过头去，忍不住地笑了。宝玉又问："你说

---

①黄道吉日：迷信的人认为适宜办事的好日子。②傧(bīn)相：举行婚礼时陪伴新郎新娘的人。

的二奶奶到底是谁?”袭人说:“是宝姑娘呀!”宝玉又问:“那林姑娘呢?”袭人说:“老爷做主,你娶的是宝姑娘,怎么说起林姑娘来了?”宝玉说:“我刚才看见林姑娘了,还有雪雁,怎么说没有呢?”凤姐上前说道:“宝姑娘就在隔壁,你别胡说了,你要是得罪了她,老太太是不依的。”

宝玉本来就有病,加上这么一折腾,旧病复发,又什么也不知道了,只是口口声声叫着“林妹妹”。贾母等上前安慰,无奈他一点儿没有反应,只得叫人在房里点起安息香,定住他的魂魄,然后扶他上床睡下。一会儿,宝玉便昏昏睡去。

第二天恰好是贾政启程去江西赴任的吉日,过来向贾母拜别:“儿不孝远行,愿老太太多多保重。儿子一到江西,就来信请安,请不必挂念。宝玉的事,已依了老太太,只求老太太训诲。”

贾母怕贾政在路上不放心,并没有将宝玉旧病复发的事告知他,只说:“我有一句话,你今日远行,按理应叫宝玉来送行,但因宝玉昨日刚完婚,昨天又是一天的劳乏,出来恐怕着了风。你若叫他送你,我就派人去叫他,你若疼他,就免送了。”贾政说:“叫他送什么,只要他从今后能好好读书就行了,这比送我还好呢!”大家为贾政送行,一直到十里长亭才挥泪告别。

贾政走后,宝玉的病更重了,整日懒得动弹,昏昏沉沉,连三餐饭也不想吃,最后连人都认不明白了。

㉛ 林黛玉魂归离恨天

一日早饭后，黛玉带着紫鹃去给贾母请安。出了潇湘馆，忽然想起忘了手绢，就叫紫鹃回去拿，自己慢慢地走着等她。刚到沁芳桥边，忽听得有呜呜的哭声，赶紧煞住脚，寻声走去，原以为是哪个大丫头有说不出口的心事而到这里来发泄，但走近时却见是个浓眉大眼的陌生丫头，问她为什么在这里哭，她说："林姑娘，你给评评理，我就说错一句话，我姐姐就打我。"黛玉听不懂她的话，就问她："你姐姐是谁?"那丫头说："是珍珠姐姐呀!"黛玉这才知道她是贾母房里干粗活的丫头，就问她叫什么名字，她说："我叫傻大姐儿。"黛玉看看她的样儿与她的名字倒相配，笑问道："你姐姐为什么打你？你说错了什么话?"丫头说："就是为宝二爷娶宝姑娘的事。"

黛玉一听，就如五雷轰顶，心头狂跳，略略定定神，就把傻大姐叫到当初与宝玉一起葬花的地方，那里僻静。黛玉问："宝二爷娶宝姑娘，为什么要打你呢?"丫头说："我们老太太和太太、二奶奶商量了，因为老爷要动身，说赶快把宝姑娘娶过来。第一为冲什么喜，第二——"丫头说到这里，又瞅着黛玉笑了一笑，才说："为了好给林姑娘说婆家呢!"黛玉已经听呆了。那丫头只管说道："我又不知道他们怎么商量的，不让人吵嚷，怕宝姑娘听了害臊。我只说了一句，‘咱们明儿更热闹了，又是宝姑娘，又是宝二奶奶’，就挨了珍珠姐姐一巴掌，说我混说，还要赶我出去……”说着又哭起来了。

此时，黛玉心里是油儿、酱儿、糖儿、醋儿都倒在一处了，甜、酸、苦、辣竟说不上什么味儿。过了一会儿，黛玉转身想回潇湘馆去，那身子竟有千斤重，双脚像踩棉花似的软了，一步一步走得很慢；又神思恍惚，多绕了不少路，到了沁芳桥，竟又往回走。

紫鹃取了绢子来，却不见黛玉，正看时，只见黛玉双眼发直，脸色苍白，心中惊疑不定，轻声问姑娘要到哪里去，她也只是随口应道：“我问问宝玉去！”紫鹃听了，摸不着头脑，只得搀着她到贾母这边来。

黛玉走到贾母门口，心中微觉明晰，回头见紫鹃搀着自己，便问：“你做什么来了？”紫鹃笑道：“我给姑娘送绢子呀！”黛玉又笑道：“我以为你是瞧宝二爷来了呢！不然怎么往这儿走呢？”紫鹃心中害怕，知道黛玉心志已失，一定是听到了什么。这时黛玉的脚却不像先前那样软了，自己掀起门帘进去，直奔宝玉房中。袭人见了起身迎接，黛玉笑问：“宝二爷在家么？”袭人刚要回答，只见紫鹃在黛玉身后打手势，袭人不解，也不敢答言了。黛玉也不理会，只管自己走进房去，看见宝玉坐着，也不起身让座，只是瞅着嘻嘻地傻笑。黛玉自己坐下，也瞅着宝玉笑。两个人互不问好，也不说话，更无推让，只管脸对着脸傻笑起来。

忽然，黛玉说道：“宝玉，你为什么病了？”

宝玉笑道：“我为林姑娘病了。”

吓得袭人与紫鹃面目改色，连忙用言语来打岔。两人却又不答话，依然傻笑起来。袭人怕出意外，悄悄对紫鹃说："姑娘才好了些，我叫秋纹与你一起搀姑娘回去歇歇吧。"黛玉见秋纹走过来，也就站起来，瞅着宝玉只是笑，只是点头。

紫鹃催道："姑娘回家吧。"黛玉道："可不是，我这就是回去的时候了。"说着，便起身笑着出来了，也不用人扶，走得比往常还快。紫鹃、秋纹忙在后面跟着。黛玉出了门只管一直走，紫鹃忙扶住她："姑娘这边走吧。"黛玉仍是笑着，随了往潇湘馆来。

离门口不远，紫鹃松了一口气，说道："阿弥陀佛，可到家了。"可一句话未完，只见黛玉身子往前一栽，"哇"的一声，一口血直吐出来。

自此，黛玉一病不起，每日里吐血，没几天，就骨瘦如柴，气息奄奄了。以前，黛玉一向病着，自贾母起到下面的姐妹们，常来问候，如今合府上下，一个问候的人都没有，连丫头们都觉得伤心。

那天，她自觉好些，就让紫鹃扶她起来，用软枕靠住。可黛玉哪里坐得住，下身硌①得生疼，狠命撑着，叫雪雁拿她的诗本子来。雪雁就把她的诗稿递过来。黛玉又抬眼看她那盛衣物的箱子。雪雁不解，只是发怔。黛玉气得两眼发直，咳嗽起来又吐血。紫鹃忙用绢子给她擦嘴。黛玉便用那绢子指箱子，又喘成一处，说不上话来，闭了眼。紫鹃劝她："姑娘躺下吧。"黛玉摇

---

①硌(gè)：触着凸起的东西觉得不舒服或受到损伤。

摇头。

紫鹃料她是要绢子，就让雪雁开箱拿出一块白绫绢子来。黛玉见了撂在一边，使劲地说：“有字的。”紫鹃才明白过来，是要那块题诗的旧帕，只得叫雪雁取出，递给黛玉。只见她接在手里，也不瞧诗，只是狠命地撕绢子，但哪里撕得动，只有打颤的份儿。紫鹃知道她是恨宝玉，却也不敢说破，只说：“姑娘何苦又自己生气？”

林黛玉焚稿断痴情

黛玉点点头，叫雪雁点灯，闭目坐了一会儿，又道：“笼火盆。”紫鹃以为她怕冷，劝她躺下，黛玉摇摇头，雪雁只得笼上，搁在地上火盆架上。黛玉又让把火盆挪到炕上来。雪雁将火盆挪上炕，去拿垫火盆的炕桌。黛玉又欠起身，紫鹃只好扶她坐起来。一闪眼，只见黛玉将那诗帕子拿在手中，瞅着那火点点头，就往上一撂。紫鹃吓了一跳，待要抢，已经迟了，绢帕早已化为灰烬。紫鹃劝道：“姑娘这是怎么了？”黛玉也不理，回手又把那诗稿拿起，瞧了瞧又放下。紫鹃怕她也要烧，连忙将身倚住黛玉，腾出手来拿时，黛玉早已拾起，撂在火上。紫鹃够不着，等雪雁走进来，那诗稿早已烘烘地着了。雪雁顾不得烫手，一把抓起搭地上乱踩，却已烧得所剩无几了。

做完了这些事，黛玉把眼一闭，往后一仰，几乎把紫鹃压倒。紫鹃赶紧叫雪雁上来将黛玉扶着躺倒，心里突突乱跳，真怕出意外。

宝玉成亲的那天，黛玉白天已昏晕过去，口中却有一丝微气未断。紫鹃看着不祥了，连忙来回贾母。谁知贾母房里只有两三个老妈子和几个做粗活的，大家都不知老太太去了哪。去宝玉房里一看，竟也无人。紫鹃越想越悲，只得呜呜咽咽地回了潇湘馆。

到了晚上，黛玉有点儿缓过气来，微睁双眼，似有要汤要水的光景。紫鹃端了一盏桂圆汤和的梨汁，喂了两匙，黛玉又闭眼养了一会神，再睁眼时，屋内只有紫鹃和奶妈并几个小丫头，她一把攥了紫鹃的手，使劲地说："我是个不中用的人了，你服侍我几年，原指望咱们两个总在一起，不想我……"说着喘了一会儿气，又说："妹妹，我这里没有亲人，我的身子是干净的，你好歹叫他们送我回去。"说到这里，又闭了眼。那手却渐渐地攥紧了，又喘成一处，只是出气大，入气小。

可巧，探春与李纨来了，但这时的黛玉手已冰凉，连目光也都散了，只听得黛玉直声叫道："宝玉，宝玉，你好……"说到"好"字，便浑身冷汗，不做声了。紫鹃等急忙扶住，那汗愈出，身子便渐渐地冷了。探春、李纨叫人忙着梳头穿衣。只见黛玉两眼一翻，气绝身亡。呜呼！香魂一缕随风散，愁绪三更入梦遥！

紫鹃等泣不成声。潇湘馆内竹梢风动，月影移墙，好不凄凉！远处，鼓乐阵阵，正是宝玉与宝钗成亲之时。

㉜ 雍容华贵蘅芜君

芒种那日，宝钗与姐妹们一起祭拜花神，独不见黛玉。迎春说：“好个懒丫头！这会子难道还睡觉不成?”宝钗道：“你们等着，我去闹了她来。”说完，便朝潇湘馆而来。

忽然，宝钗见前面有一双玉色蝴蝶，一上一下，迎风飞舞，十分有趣，不由得从袖内取出扇子，去追扑蝴蝶。她记起庄周梦蝶的故事，觉得人如能双双对对化蝶比翼，游戏于花丛之中，岂非美事？假设这中间有一只飞蝶是自己，另一只当是谁呢？这一想她便自觉羞愧，回顾左右，只有花木、蝴蝶和自己。

这时，蝴蝶忽起忽落，来来往往，穿花度柳，快要过河去了，引得宝钗蹑手蹑脚一直跟到池边的滴翠亭，已是香汗淋漓，娇喘吁吁。

宝钗刚欲回身，只听得亭内有细碎的说话声，虽听不真切，但大体上能听出谈的纯属男欢女爱、鸡鸣狗盗之事。一会儿，其中一人说道：“咱们只顾说话，别让人在外头听了去。不如把窗推开吧。”

听声音，好像是宝玉房里的丫头小红。那丫头眼高心大，是个头等刁钻古怪的东西，若被她知道自己听了她的“短儿”，一时狗急跳墙，一定会生事。

滴翠亭宝钗扑蝶

如今躲也躲不及了，还不如使个金蝉脱壳①之计，于是故意放重脚步，笑着叫道：“颦儿，我看你往哪儿躲！”一面说，一面往前赶。

此时亭子的窗户打开了，宝钗见果然是小红与一个小丫头，便故意问她俩：“你们把林姑娘藏到哪里去了？”

“我们没见林姑娘呀！”

“我刚才在河边看着林姑娘蹲在这里弄水的，这会儿却不见了。”一面说着，一面故意找寻了一番。又说：“说不定藏到山洞里去了，那里面可有蛇啊！”

宝钗煞有介事，真像有个林黛玉在这里似的。

小红听了宝钗的话，便信以为真，一等宝钗走远，就急急地说：“了不得了，林姑娘蹲在这儿，一定把我们的话听去了。若是宝姑娘听见，倒也罢了。林姑娘嘴里爱刻薄人，心又细，她听见了……”

丫头们心里原是都有一杆秤，就连袭人，也是在心里将黛玉、宝钗比了又比，觉得黛玉不易相处，宝钗易于共事。当袭人听说定了宝钗为新妇时，心想：“果真如此，那才相配，我也造化。”

在外人看来，金玉良缘是命定，宝钗的大度通达是秉性所使。其实对宝钗的评价是凤姐说得最准：“她是不关己事不打理，一问摇头三不知。”宝钗虽然只是贾府的局外人，可是心明眼亮，城府颇深。她善于笼络袭人，讨好贾母，又让丫头莺儿认宝玉书

①金蝉脱壳（qiào）：本指蝉变为成虫时脱去幼旱的壳，比喻用计脱逃而使对方不能及时发现。

童的母亲叶妈为干娘，在帮助探春理家时，建议将怡红院、蘅芜苑的香料利息归叶妈管理，而叶妈并不在行，便可由黄妈(即莺儿的母亲)代理。宝钗是落落大方地做了人情，给了实惠，还免得人们非议。这样做，得了好处的黄妈、叶妈，更便于在怡红院、蘅芜苑两地走动，传递消息。

宝钗为人雍容大度，她不会像黛玉那样逞强，没有湘云似的放纵，或是宝玉般的痴迷。她的才情并不亚于黛玉。那一次，因贾政归家日近，宝钗、黛玉等都习小楷，充宝玉的功课去糊弄贾政，虽未凑足，却也可以搪塞(sè)过去了。于是姐妹们乘兴游园，见柳絮飘舞，便以柳絮为题吟诗。

史湘云作《如梦令》一首，黛玉作《唐多令》一首，都是悼春伤感之词。偏是宝钗作了一首情绪高扬、神采奋发的《临江仙》词：

> 白玉堂前春解舞，东风卷得均匀。蜂团蝶阵乱纷纷。几曾随逝水，岂必委芳尘？　　万缕千丝终不改，任他随聚随分。韶华休笑本无根。好风频借力，送我上青云！

她说："柳絮原是一件轻薄无根无绊的东西，依我的主意，只有把它说好了，才不落俗套。"

引得众人拍案叫绝，都说："果然翻案翻得好气力，自是一首夺魁！"

"好风频借力，送我上青云"，一反历代伤春悲声，吐露宝钗的处世态度，积极向上，善于凭借非己之力，实现素有的抱负。

宝钗的为人是无可挑剔的，只是哥哥薛蟠常引祸入家门。他先是被柳湘莲打了一顿，后又娶了一个“河东狮”① 夏金桂，闹得全家无片刻安宁。最后又闹出了人命，关进监牢，彻底粉碎了宝钗入选宫中的梦想。

为前途想，薛宝钗由贾母决定嫁给了病重的宝玉。洞房花烛夜，宝玉口口声声要找林妹妹，后来听说林妹妹还病着，便哭着闹着说：“林妹妹横竖要死的，我死也要与她死在一起。”一次次地折腾，宝钗的心也给揉碎了。

虽说自己取得了婚姻的胜利，可是这徒有虚名的婚姻于己何用？宝钗劝宝玉道：“你放着病不保养，天天说什么死啊活啊的话，何苦呢？老太太一生只疼你一人，如今八十多岁了，虽不图你的封诰，将来你成了人，老太太看着也乐一天，也不枉老人家的苦心。太太更是不必说了，一生的心血精神，抚养了你这么一个儿子，你若是死了，太太怎么办？我虽是薄命，也不至于此。你即使要死，也不许你死的，所以你是不能死的。你只管安稳着养病，等风邪散了，病也就好了。”

宝玉听了，竟无言以对，半晌方嘻嘻地笑着说：“你是好些时不和我说话了，这会子说这些大道理给谁听？”

宝钗听了这话，心想总是这样糊涂下去不行，长痛不如短痛，黛玉之死瞒得了一时，瞒不过一世，所以狠狠心，逆着他的意向告诉了他：“实话告诉你吧，那两日你不知人事的时候，林

①河东狮：指代妒妇、悍妇。宋朝陈季常的妻子柳氏善妒，苏东坡戏称之为“河东狮”。河东，今山西，是陈季常妻子的家乡。

妹妹已经亡故了。”

宝玉忽然坐起来，诧异地大声问道：“果真死了吗?”

“果真死了。岂有红口白齿咒人死的？老太太、太太知道你姐妹和睦，你听见她死了自然也要死，所以不肯告诉你。”

宝玉听了，放声大哭，晕倒在地上。

宝玉这一晕，吓得大家六神无主，贾母、王夫人等不知宝钗用意，纷纷责怪她太性急。宝钗却并不在意，只有她清楚，宝玉之病实因黛玉而起，干脆趁势明说，使其一痛决绝，神魂归一，方可治疗。这原是宝钗千回百转才想出来的法子。

一会儿，宝玉悠悠转过气来。大夫一诊脉，竟然脉气沉静，神安郁散，直说有救了。

从这以后，宝玉果然死了心似的麻木了一阵，病渐渐地好转起来。宝钗每以正言劝解，以“养身要紧”之语安慰宝玉。宝玉虽心酸落泪，却见宝钗举动温柔，也就渐渐将爱慕黛玉的心略移到宝钗身上。于是夫妇俩渐渐进入了“圆房”阶段，但宝钗时时有一种恐惧感，害怕宝玉总有一天要出走。原以为，任何一桩婚姻，终究是人心敌不过环境的困缚，哪知美貌、多才、伦理的高压、金和玉的命定论，终于都被宝玉冲破了：你们不许我得到林妹妹，我不许你们得到我。宝玉出走了，出家做了和尚，永绝尘缘。留下宝钗悲怆(chuàng)孤苦，只得将一生的希望寄托在尚未出生的胎儿身上。

㉝ 锦衣军查抄贾府

贾政带了几个在京的幕僚，晓行夜宿，奔赴江西任上。初来乍到时，他办事认真，为官清廉，而那些只想借着贾政放外任的机会发横财的随从，觉得无油水可捞，就想告假回京。贾政不知原因，就说："要来也是你们，要去也是你们。既嫌这里不好，请便吧。"于是，那些随从就怨声载道而去。

不久，贾政的手下只剩了些老家人。他百思不得其解，于是向下讨教。家人李十儿劝他："民也要顾，官也要顾，睁一只眼，闭一只眼，放底下一条生路，大家太平。"

贾政听了李十儿的话，日子倒也过得自在，只是万万没想到的是李十儿上下勾结，内外一气地哄着贾政办事，结果害得贾政被罢了官回京城。一般人都不愿意到外地去做官，所以贾政虽然是罢了官回来，但贾母、王夫人还是很高兴。亲戚朋友听说贾政回京，都要请戏班子唱戏替他接风。贾政推托不了，干脆在家里摆了酒宴请大家。

贾政正在荣禧堂设宴，赖大忽然进来说，锦衣府的赵老爷带着好几位官员来拜望。贾政心里一愣：自己与赵老爷素无往来，一定有什么事了。赶紧起身去迎接。这时只听家人来报："赵老爷已进二门了。"贾政赶紧抢步接去。只见赵堂官满面笑容，却不搭话，后面跟着五六位官员，有认识的，也有不认识的，但都不开口。贾政见了这场景心里发虚，强装笑脸相迎。此时，又听家人慌张报道："西平王爷到!"贾政心里更加没底了，慌慌张张去迎接，却见王爷已经进门。赵堂官抢上去请了安，说："王爷已到，随来的各位老爷请带领府役把守前后门。"众官应了出去。贾政已知大事不好，连忙下跪。西平王用双手扶起，笑嘻嘻地说道："无事不敢造次①登门，奉旨交办事件，要赦老爷接旨。"

众亲朋都被放走了，留下贾赦、贾政一干人，吓得面如土色，浑身发抖。不多一会儿，只见进来无数府役，把守各门，本宅一干人等，一步也不准走动。赵堂官转过脸来回王爷道："请王爷宣旨，就好动手。"

西平王爷慢慢地说道："小王奉旨，带领锦衣府赵全来查看贾赦家产。"

锦衣军查抄宁国府

贾赦等听了，俱俯伏在地。王爷宣旨道："贾赦勾结外官，依势凌弱，辜负朕恩，有忝(tiǎn)祖德，着革去世职。钦此。"赵堂官一迭声地叫："拿下贾赦，其余皆看守。"

这时，贾赦、贾

①造次：鲁莽，轻率。

政、贾琏、贾珍、贾蓉等都在，只有宝玉推说有病，没有见王爷。

赵堂官传令：“分头按房查抄登账。”吓得贾府上下人等面面相觑，而那些府役们却摩拳擦掌，只想动手。

西平王说：“听说赦老爷与政老爷虽未分家，但各自起火单过，应遵旨查抄贾赦的家资。其余按房封存，待复旨后定夺。”

可赵老爷坚持要全部查抄。王爷怕那些人乱来，正想亲自去督查，抄家的那些人回来报告：“查出了皇宫里用的衣裙和许多禁用的东西。”一会儿又有人来禀报：“查出两箱房地契和一箱借票。”赵老爷愤愤地说：“好个重利盘剥！该全部查抄！请王爷坐下，让奴才去全抄来再说。”

正在这时，与贾府关系密切的北静王来了。他站在外面宣旨：“锦衣府赵全听宣。”本来赵堂官以为北静王来了，自己可以放胆地去搜查了，哪知圣旨竟是禁止他行动，只让他押了贾赦马上离开，心里十分不受用。而贾政见了北静王，连忙下跪，含泪乞恩。北静王起身拉起贾政说：“政老放心。”

西平王爷说：“方才赵全在这里查出的禁用之物和重利欠票，我们也难遮掩过去。那禁用之物倒还可以说是贵妃所用，唯有那借券得想个法儿才好。如今政老将贾赦家产全部交出，也就完事。切不可再有隐瞒，以免殃及自己。”

贾政连连说：“不敢，不敢。”

二王又问放高利贷的是谁，贾

政说不清楚，只好把主管家政的贾琏叫来问。贾琏急忙跪下说：“侄儿管家，从来不敢有私心，这几年库内银子出多进少，各处有不少欠账，这些放出去的账，连侄儿也不知道用的是哪里的银子。”

贾政这才明白那些高利贷原来是凤姐所为。

那边一屋子的女眷，正被查抄弄得人心惶惶。凤姐一听说“抄家”，立即就仰身栽倒在地，昏了过去。贾母没听完便吓得涕泪交流，连话也说不出来了。一时间，一屋子的人拉这个，扯那个，闹得天翻地覆。

贾政心惊肉跳，拈须搓手没了主意，却见东府的老家人焦大哭天喊地道：“我天天劝，这些不长进的爷们，倒拿我当冤家！弄到今天这种地步！珍大爷、蓉哥儿都叫什么王爷拿了去，里头女主子们被衙役弄得披头散发，关在一间空房里……”贾政这才知道东府也已被抄，而且境况还更凄惨：父子在押，家财抄尽，住宅入官，尤氏带着女眷、丫头们投靠荣府来了。而荣府也早已是前吃后空，入不敷出了，如今一抄家，内囊虚空的窘迫就再也无法掩饰了。

这时传来消息，皇上看在元春去世不久的分上，除革去荣、宁二府的两个世袭官职外，贾赦被罚到边疆充军，贾珍被派到海疆赎罪，革去贾琏的官职，免罚释放，没收查出的不义之财。贾政仍留工部为官。

这样的处理已使贾母觉得万分侥幸。

那天，凤姐晕倒后，贾琏让人把她搀回自己屋里去。进门却见满屋狼藉，可怜凤姐多年费尽心机，攒了不下于七八万两金银，如今却一扫而空。那些高利贷是挪用府里的钱放出去的，自己坐享高利。事情一经败露，凤姐无地自容，巴不得快快死去。平儿唯恐凤姐寻短见，只得紧紧守着。

贾母自从嫁来贾府，享尽荣华富贵，怎么也没有想到，还要眼看大家族的衰败凋敝。贾母情绪渐渐平复以后，亲自过问大家庭的经济。她在万般无奈的情况下，动用自己的私房钱，让丫头们把她的积蓄都拿出来，一一分派。给贾赦三千两，让他带两千两上路，给邢夫人留一千两；给贾珍也是三千两，让他带一千两，给尤氏剩两千两；又体恤凤姐操心了一辈子，如今却穷困潦倒，也给了她三千两。另外再拿出五百两给贾琏，让他在第二年将林黛玉的棺材送回南方去。剩下的金银，分别给了宝玉和兰儿。同时又将自己的一些衣服首饰也分了。这之后，就开始精简丫头佣人，房地产卖的卖，留的留，一切都安排妥当。贾政见母亲办事仍那样条理分明，清晰果断，心里有说不出的敬仰。贾母又说："如今我剩下的也不多了，等我死了，用来办我的后事，多下来就都给服侍我的丫头。"

听到这里，贾政等更加悲伤，都跪下来哭道："儿等要服侍老太太到一百岁。"贾母听了也觉得安慰。经历了这场大难，贾母只觉得身心疲惫，不久就一病不起了。贾母死的时候面带笑容，十分安详。

㉞ 鸳鸯女誓绝鸳鸯偶

鸳鸯是贾母身边最得力的丫头，本姓金，原是家生的丫头，兄嫂在府内当差，父母在南京看守房子，只因自小聪明伶俐而被老太太相中，与袭人、晴雯、紫鹃、司棋等一起亲聆老太太的调教。这些人个个机敏过人，后被视作最可靠的人送与宝玉、黛玉、迎春等，贾母身边只留下了鸳鸯一人。

鸳鸯

贾母曾开玩笑地说过，自己只剩下这一个“知己”，任谁来“讨”都不给了。哪知，鸳鸯还真的让人相中了。那一日，邢夫人把凤姐叫来，悄悄说：“有一件为难的事，老爷托我，我不得主意，先和你商议。老爷因看上了鸳鸯，叫我向老太太讨去，就怕老太太不给，你可有什么法子？”

原来是赦大老爷要人。凤姐一听是公公的事，自己理当出出主意，可是在这府上，她好歹也得替老太太想想。所以忙对婆婆邢夫人说：“依我看，你别去碰这个钉子。老太太离了鸳鸯，饭也会吃不下的，她哪里肯放呢？平日里老太太常说，老爷如今上了年纪，做什么要左一个小老婆右一个小老婆的，放着身体不养，官儿也不好好去做，成日里与小老婆喝酒玩乐。太太你听听，我是不敢去的，莫拿着棍儿戳老虎的鼻子眼儿去了！明放着不中用，去了反会招出没意思来。如今兄弟、侄儿、儿子、孙子一大群，还这么闹起来，怎么见人呢？”

邢夫人原是想借凤姐的一臂之力，作成这桩事，哪知碰了个软钉子，心下懊恼，不觉怒色上脸，冷笑道：“大家子三房四妾多的是，偏咱们使不得？我劝了也未必依。我叫你来，不过是商议，你倒先派上一大篇不是来。哪个是叫你去要？自然我自己去。”

凤姐知道邢夫人秉性愚弱，只知承顺贾赦；如今一听这话，便为自己想好了一条两不得罪的计策，忙赔笑道：“太太这话极是，我能知什么轻重？想来母亲跟前，别说一个丫头，就是再大的活宝贝，不给老爷给谁？依我说，老太太今儿喜欢，要讨今儿讨去。”

这一说，邢夫人又喜欢起来，说：“我的主意，先悄悄地和鸳鸯说妥了，再和老太太说。那时，老太太要不依，也留不住她了。”

凤姐忙附和道：“到底是太太有智谋，凭她是谁，哪能放着现成的主子不做，倒情愿做丫头？”

邢夫人要凤姐先过去，她随后就来。凤姐觉得不妥，心想：“鸳鸯是个极有主意的丫头，此事未必能成。我先走，太太必怀疑我走漏了风声，叫她拿腔作势的，倒不如一起去。”

于是婆媳俩坐一辆车过来。下车时凤姐借故要去脱一件衣服，让邢夫人独自先去。邢夫人到了贾母处，说了一会儿闲话，原想等凤姐来了一起去找鸳鸯，谁知左等右等不来，只好别了贾母，自己去找鸳鸯。

鸳鸯正在房里做针线，见了邢夫人忙起身问候。邢夫人接过她手中的针线，叹道：“真是越发好了。”

邢夫人放下针线，两眼只是朝她上下打量，只见她穿着半新的藕色绫袄，青缎掐牙背心，下面水绿裙子，蜂腰削背，鸭蛋脸面，乌油的头发，高高的鼻子，两腮上微微有几点雀斑。五官说不出有多出色，只是合在一起，特别是一张嘴说话，整张脸就立刻生动起来。一乐，那笑意荡漾开来，如春阳拂人一般。邢夫人心想：“怨不得老太太不放手，也怨不得老爷要看上她。”

鸳鸯见邢夫人这般看她，很不好意思，心下觉得诧异，笑问道：“太太这会子不早不晚的，过来有什么事吗？”

邢夫人使了一个眼色，跟来的人就退出门外。这时邢夫人便笑嘻嘻地拉着鸳鸯的手坐下了：“我今儿特意给你道喜来了。”

鸳鸯一听，心中已猜着三分，不觉红了脸，低下头不发一言。

“你知道老爷跟前没有可靠的人，心想再买一个，又嫌外买的不干净，所以满府里要挑一个家生女儿收了，挑来挑去，唯有你才中他的意。你这一进去，进门就封你姨娘，又体面又尊贵。”

说着，便拉了鸳鸯的手要同去见老太太。鸳鸯红了脸，夺手说“不行”。邢夫人以为她是害臊，又说：“这有什么难为情的？

你又不用说话，只跟着我就是了。”

鸳鸯只是低着头不做声。邢夫人见她这般，又说：“难道不愿意？若真是，那真是个傻丫头了，放着主子奶奶不做，倒愿意做丫头！三五年后不过配个小子，还是做奴才，你倒想好了。”

鸳鸯依然默不作声，脸上平静无波。邢夫人凭着自己的想法一直说下去：“姑娘，你跟我们去，一年半载，生个一男半女，就和我并肩了，错过这机会，后悔就迟了。”

鸳鸯打定主意随她说去，她不想把这事情闹得满城风雨，但一时又想不出摆脱困境的法子。这一来，倒弄得邢夫人暗暗喜欢了：“想必你有顾虑，你自己不肯说，等我问你爹妈去。”说毕，便往凤姐屋里走去。

凤姐早换了衣裳，将此事告诉平儿。平儿摇头说“不妥”。凤姐就让平儿到外面逛逛，等邢夫人去了再回来。那儿鸳鸯见邢夫人走了，就说身上不舒服，要到园子里逛逛去。一走进园子，便遇见平儿。平儿打趣地叫了声：“新姨娘！”鸳鸯红了脸，怒道：“你们串通一气来算计我，等我和你主子闹去！”

平儿自悔失言，忙拉着鸳鸯在石凳子上坐下，一边看着脚下小溪九曲十八弯地流去，一边把方才凤姐的话和盘托出①。

鸳鸯冷笑道：“这话我先跟你说了：别说大老爷要我做小老婆，就是太太死了，他三媒六证②娶我做太太，我也不会去！”

---

①和盘托出：比喻全部说出或拿出来，没有保留。②三媒六证：旧时婚姻由父母包办，还必须有媒人介绍，表示郑重其事。“三媒”指男方聘请的媒人、女方聘请的媒人、为双方牵线搭桥的中间媒人。“六证”多指举行婚礼时，在桌上放置一个斗、一把尺、一杆秤、一把剪子、一面镜子、一个算盘。

山后忽然传来哈哈的笑声："好个不要脸的丫头！"二人吃了一惊，一看原来是袭人，便将事情说给她听。袭人听了愤愤地说："这个大老爷，真正太好色了！凡丫头长得齐整些的，他就不放手。"

鸳鸯向她俩讨教，看有什么法儿可渡难关。平儿教她说："你只和老太太说，就说已许给琏二爷了，大老爷就不好再来要了。"袭人教她说："已许给宝二爷了，大老爷总不能同侄子辈的人闹啊。"

鸳鸯听得又气又臊又着急，骂道："两个蹄子不得好死的！人家有为难之事，想请你们排解排解，你们倒取笑我。你们以为都有结果了，将来都是做姨娘的？"

二人见她真急了，忙道歉，问鸳鸯自己的主意究竟是什么。鸳鸯道："什么主意？我不去就完了。"平儿摇头："你不去，他未必罢休。难道你跟老太太一辈子不成？"

鸳鸯冷笑道："老太太在一日，我就一日不离这儿，若老太太归西了，我就剪了头发做姑子去，若不然还有一死呢！"她见平儿、袭人不语，便又说道："你们只管看着便是了，太太刚才说，找我娘老子去。我看她上南京去找？"

正说着，只见鸳鸯的嫂子已从对面走来，看见鸳鸯便是一脸的喜色。袭人悄悄说："看来不去找你爹妈，倒是让你嫂子做说客来了。"鸳鸯没好气地骂道："这个娼妇是个'九国贩骆驼①'的，哪有不去奉承的？"

---

①九国贩骆驼：嘲笑到处管闲事或善于兜揽生意的行为。

说话间，她嫂子已来到跟前，口口声声要把鸳鸯拉到一边去“说句话”。鸳鸯脸一放，说：“什么话？你说吧！有什么大不了的？”她嫂子还是扭扭捏捏的，鸳鸯立起身子，照她嫂子的脸上死劲地啐了一口，指着她骂道：“一天到晚羡慕人家的女儿做了小老婆，一家子都仗着她作威作福，看得眼热了，也要把我送到火坑去！我若得脸呢，你们仗势欺人称舅爷；我若不得脸呢，你们把王八脖子一缩，生死由我。”

鸳鸯一边骂一边哭，越哭越伤心。她嫂子脸皮下不来，说：“愿意不愿意，你也好说，犯不上拉三扯四的，这二位姑娘又没惹你，小老婆长小老婆短……”平儿不等她讲完就说：“你才不要扯三拉四，鸳鸯不是说我们，我们何用多心？”呛得她嫂子脸上没了好气色，自觉没趣，赌气去回邢夫人。

鸳鸯嫂子见了邢夫人说：“不中用，我被她骂了一顿。”因见凤姐在旁边，不敢提平儿，说：“袭人也在帮着抢白我，说了我许多不知好歹的话，那是回不得主子的。太太、老爷商量另买罢。谅那小蹄子也没那福分，我们也没那造化。”

邢夫人说道：“这与袭人什么相干？她如何知道的？还有谁在跟前？”她嫂子低头轻声说道：“还有平姑娘。”

凤姐忙道：“你怎么不打她回来？我一出门，她就逛去了，回家连个影儿都不见，她一定帮着说什么了？”

她嫂子不敢实回，见凤姐这个声势，只得说不关平儿的事，平儿没说什么话。邢夫人无计可施，吃了晚饭回家，夜里把事情经过告诉贾赦。贾赦听了吹胡子瞪眼，平白无故把贾琏叫来臭骂了一顿。

那晚，鸳鸯心事重重，但又不敢告诉贾母，翻来覆去，一夜未安。第二天，她哥哥要接她回家去玩玩，贾母也应允了。鸳鸯原不想去，又怕贾母疑心，只得跟了哥哥回家。在哥哥家里，无论他们说什么，许什么愿，她都咬牙不说话。他哥哥一点儿办法也没有，只得如实向贾赦禀报。

贾赦暴怒道："我把这话告诉你，叫你女人向她说去。'自古嫦娥爱少年'，她必定是嫌我老了，大约是恋着少爷们了，多半是看上宝玉，只怕也有贾琏。果有此心，叫她早早歇了心。我要她不成，此后谁还敢收？再一件，叫她细想，不要凭着老太太疼她，想将来在外头聘个正头夫妻，凭她嫁谁都出不了我的手心！除非她死了，或是终身不嫁，要不叫她趁早回心转意！"

贾赦的话把她哥哥吓得半死，回家就把话传达了，把个鸳鸯气得无话可回，想了想，忽然说道："我即使愿意去，也须得你们带了我回老太太去。"她嫂子以为她回心转意了，即刻一起去见老太太。

可巧王夫人、薛姨妈、凤姐、宝钗等姐妹都在贾母处。鸳鸯横下一条心，拉了她嫂子到贾母跟前跪下，一边哭一边把事情经过从头说了一遍，又说："因为不依，大老爷说我恋着宝玉，不然是等着往外聘，任我到天上也出不了他的手心。"

此事震惊了大家，贾母想想也脸上无光，只听鸳鸯继续哭诉："我是铁了心的，今天当着众人在这儿说，我这辈子，莫说是宝玉，就是宝金、宝银、宝天王、宝皇帝，横竖不嫁人就完了！服侍老太太归了西，或是寻死，或是剪了头发当姑子去！"

鸳鸯说着，便从衣袖内拿出一把小剪子，回手打开头发就剪，等众丫头来拉，已剪下半绺来了。众人忙来劝止，又替她把头发挽上，鸳鸯的嫂子趁众人忙乱之时，早已悄悄溜走了。

这时贾母气得发抖：“我通共只剩下这么个可靠的人了，你们还要来算计!”

贾母气糊涂了，忽而怪罪王夫人，忽而怪罪凤丫头，弄得大家战战兢兢。正在这时，邢夫人来了。

邢夫人进门时已听得一二，但想抽身返回已来不及，只好硬着头皮进去。众人见她进来，就三三两两离去，最后只剩下她一个人听训。

“我听说你替老爷说媒来了？你倒挺‘三从四德’的，只是这贤惠也太过了分!”

邢夫人满面通红，回道：“我也劝过几回。我也是不得已。”

贾母却踏着她的话问：“难道他逼着你去杀人，你也杀去?”

邢夫人低头无可回答。贾母又道：“你去和你老爷说去，他要什么人，我这里有钱，叫他只管一万八千地去买就是。要这丫头，不能!”

邢夫人好不容易等到贾母的脾气发完，后来又与凤姐一起哄老太太玩牌，到很晚才回家。贾赦听说了经过，虽然心里恨鸳鸯，但也没有办法。过了不久，贾赦便花了五百两银子，买了一个面目姣好的十七岁女孩，至此，才算罢休。

风波虽过，鸳鸯心中明白，这一来，自己注定是没好日子过了，只能是活一天算一天。

鸳鸯见过贾府的盛时，又经历了荣、宁二府被抄的大难，直到老太太咽气，凤姐那里已无法筹集丧葬费用，鸳鸯将老太太的私房钱都搬了去，求凤姐体面地发丧，说：“我生是老太太的人，老太太死了，我也是跟老太太的，老太太的事办得不体面，将来怎么见老太太呢?”

凤姐以为她是伤心得糊涂了，才这等古怪。

鸳鸯见丧事大体已有了眉目，凤姐也累得吐了血，贾府这座大厦也已摇摇欲坠，想想自己一个小丫头还能做什么呢，到时不知被谁收在屋里，或被派给哪个混小子，自己是受不了这样的折磨的，倒不如死了干净，但一时又想不好怎么个死法。

当她跨进老太太的房间，只见灯光惨淡，隐隐有个女人拿着汗巾好似上吊的样子，她想，这人是谁?和我的心事一样，倒比我走在前头了，便问道：“你是谁?”那人也不答言，再仔细一看，觉得冷气侵人，却又不见人影了。

鸳鸯呆了呆，退出后在炕上坐下，细细一想：“那是东府蓉大奶奶啊！不是早死了?想必是叫我来的……”于是一面哭，一面打开妆匣，取出那年剪下的一绺头发，揣在怀里，又解下一条汗巾，按着秦氏方才的做法拴在梁上，听得外头客人散去，赶紧将汗巾拴上扣儿套在脖子上，把脚凳蹬开。

可怜鸳鸯顿时气绝身亡，等众人发现，早已无救了。

倒是鸳鸯的嫂子，因鸳鸯殉主而得了一百两赏银。贾府还说等闲时将鸳鸯所有的东西都赏他们。她嫂子磕了头出来，高兴地说：“真真是我们姑娘有志气，有造化，得了好名声，又得了好发送。”

㉟ 高洁之人难断尘缘

妙玉，苏州人氏。虽然生于官宦之家，却因自小父母双亡，体弱多病而带发出家。说起来也与黛玉一样孤苦伶仃，可实际上比黛玉更是苦涩几层。她师父圆寂前留言："不宜回乡，在此静候，自有结果。"不久，妙玉被王夫人请到栊(lóng)翠庵。

妙玉骨格清奇，孤僻冷傲，琴棋书画无一不精。她的才学深为大观园的小姐们所推崇，相处时，却又怕她的怪诞。

那一次，乡下来了一个刘姥姥，将大观园闹得沸沸扬扬，贾母兴之所至，带刘姥姥去栊翠庵。

妙玉将她们一行领至禅堂品茶。妙玉向来有洁癖，一经别人用过的器具全都当做垃圾丢弃，只对宝钗与黛玉另眼相看，悄悄将她俩引至耳房①，专炉专壶并宝器侍候。

禅堂上，宝玉不见了宝钗和黛玉，便尾随而至，见了她们三人就说："就你们三人喝体己茶啊！"

妙玉见宝玉来了，微露喜色，却故意说："这儿哪有你的份儿？"边说边斟茶给黛玉、宝钗。宝玉故意做出恼了的样子，妙玉便将自己常用的绿玉斗给宝玉斟茶。宝玉笑着说："常言道

---

①耳房：正房或厢房两边连着的小房间，因其在门内左右犹如两耳，故称。

贾宝玉品茶栊翠庵

‘世法平等’，她们用那样的古玩珍奇，我就用这个俗器了。”

妙玉闻言便反讥道：“这是俗器？只怕你家里未必找得出这么个俗器来呢!”随即又寻出九曲十环一百二十节蟠虬整雕竹根的一个大杯来，笑问：“你可喝得下这一海碗?”

宝玉忙说：“喝得下。”妙玉又笑着说：“你可听说过，一杯为品，二杯为解渴的蠢物，三杯便是饮驴了！你吃这一海，便成什么了?”

妙玉的话说得宝钗、黛玉、宝玉都笑了。宝玉也不反讥，因为妙玉一向对宝玉有好感，赞赏宝玉的机敏细致。

有一年冬天，下大雪，庵前一片洁白，庭院里几树红梅开得如火如荼，不知为何，妙玉却寂寞难耐，她听说大观园的姐妹们在芦雪庵观景联句，有心去凑个热闹，看看宝钗与黛玉，更可以与宝玉说几句话，但又恐让人说闲话，于是便望着盛开的红梅发呆。

庵外有人敲门，小姑来报是“宝二爷来了”。妙玉不禁心下一惊：缘何而来？宝玉在门外欣欣然脸有喜色，见了妙玉突然显现出一脸的沮丧，他告诉妙玉自己联句落第，“社长”李纨罚他来庵堂乞梅，说完静候妙玉的反应。

妙玉先是一冷，再一听，原来是为红梅而来！再一想，毕竟天赐良机，可以有个人说说话，于是便折了二尺来高的一枝红梅，递给宝玉。宝玉临走时，妙玉又托他给每人捎去一枝梅花。

妙玉送宝玉到门外，望着宝玉捧着一大捧红梅，消失在皑皑的雪地里。

宝玉生日那天，众姐妹在怡红院闹了一个通宵。妙玉也没清闲，她打发人送去一张粉红色的贺笺，写道：“槛外人妙玉恭肃遥叩芳辰。”存心要难一难宝玉，看他如何写回帖。

妙玉遍览汉、晋、五代、唐、宋以来的古典诗词，自认为只有范成大的两句诗尚可取：“纵有千年铁门槛，终须一个土馒头。”意思是说，纵然有千年不坏的铁门槛，也挡不住死亡的来临，最终都要进入坟墓。这原是世间至理，可是又有几人能彻悟？

自派人送出贺帖，妙玉就开始焦急地等待，直到第二天宝玉回帖，见帖上写着“槛内人宝玉熏沐谨拜”时，才欣喜一笑，自此，她将宝玉当做知己了。

那日，妙玉在藕香榭与惜春对弈，正下到得意处，突闻一阵哈哈大笑。抬头见是宝玉，惜春骂他捣蛋鬼，宝玉却说：“我早进来了，谁让你们这样入神？”说完便向妙玉施了一礼，说：“妙公轻易不出禅关，今日何缘下凡一走？”

妙玉听了，忽然脸一红，也不答言，只管低头看那棋。

宝玉自觉失言，忙赔笑说：“到底是出家人，头一件是心静，静则灵，灵则慧。”

宝玉尚未说完，只见妙玉微微把眼一抬，看了宝玉一眼，又低下头去，脸又渐渐红了起来。

宝玉见妙玉不言语，便坐在一边，看她俩下棋。

“你从何处来？”妙玉突然问宝玉。

宝玉以为是佛家的禅机，竟红着脸答不出来。

惜春觉得这两个人都有点怪，便笑着说：“二哥哥，这有什么难答的，你没听说过‘从来处来’么？这也值得红脸的，像见了生人似的。”

妙玉听了这话，心里一动，脸又红了起来，于是便起身要走。惜春深知妙玉的为人，也不深留，送到门口。妙玉笑着说：“久已不来这儿，弯弯曲曲的路，回去都要迷住了。”

“这倒要我来指引指引了。”宝玉说完，便提腿走在前面。

于是两人别了惜春，离了蓼风轩，弯弯曲曲，走近潇湘馆，忽闻叮咚之声。妙玉问：“哪里的琴声？”

“想必是林妹妹在那里抚琴。”宝玉道。

妙玉道：“原来她也会这个，怎么素日不听见提起？”宝玉把黛玉的事细说了一遍，便提议去看黛玉抚琴。妙玉说：“从古只有听琴，再没有看琴的。”宝玉只好自嘲是个俗人。

二人走至潇湘馆外，在山石上坐着静听。只听得低吟道：

风萧萧兮秋气深，美人千里兮独沉吟。

望故乡兮何处？倚栏杆兮涕沾襟。

歇了一会儿，听得又吟道：

山迢迢兮水长，照轩窗兮明月光。

耿耿不寐①兮银河渺茫，罗衫怯怯兮风露凉。

妙玉一边听琴，一边评述：“刚才‘侵’字韵是第一叠，如今‘阳’字韵是第二叠了。咱们再听。”只听到里面又吟道：

子之遭兮不自由，予之遇兮多烦忧。

之子与我兮心焉相投，思古人兮俾无尤。

妙玉回想自身，她与黛玉身世心境竟有很多相似之处，听着听着也不由悲从中来。与黛玉相比，自己更多了一道枷锁，没有黛玉自由，却比她有更多的烦忧，不由脱口道：“忧思何其深也!”

“我虽不懂得音律，但听音调，也觉得过于悲伤。”宝玉附和着。

妙玉从来未与男子单独相处过，相挨这么近，禁不住心跳脸热，从石上惊起，慌忙拂尘回庵。弄得宝玉满肚疑团，不知又怎么得罪这位“槛外人”了。

妙玉返回庵中，坐了一会儿，把“禅门日诵”念了一遍。点上香拜了菩萨，就回房跏趺②坐下，断除妄想，趋向真如③。坐到三更过后，只听得屋上骨碌碌一片瓦响，妙玉恐有贼来，便下

①寐(mèi)：睡。②跏趺(jiā fū)：佛教中修禅者的坐法。③真如：佛教用语，指现象的本质或真实性。

了禅床，到前轩察看。但见云影横空，月华如水，那时天气还不是很凉，便独自一人凭栏站了一会儿，忽听房上两只猫儿一声声嘶叫。妙玉忽然想起日间宝玉之言，不觉又心跳耳热，自己连忙收摄心神，走进禅房，仍回到禅床上坐下。无奈神不守舍，一时如万马奔驰，觉得禅床也晃荡起来，身子已不在庵中，好像有许多王孙公子要娶她，媒婆们扯扯拽拽扶她上车，自己不肯去。一会儿又有盗贼劫她，持刀执棍地逼迫她，急得她大声哭喊求救。

这喊叫声早惊动了庵内的女尼们，都过来察看，只见妙玉两手撒开，口中流涎，急急叫醒时，两眼直竖，双颧(quán)鲜红，骂道："我是有菩萨保佑的，你们这些强徒敢怎么样？"

众人慌得没了主意，都说："我们在这里呢，快醒来吧。"妙玉仍说胡话，连自己的禅房都不认识了，口口声声说要回家。众尼在观音前祷告、求签，折腾到天亮，妙玉才迷糊睡去。

第二天，请大夫来诊脉，说是走火入魔，说："幸好魔还入得不深，还有救。"于是开了降伏心火的药，吃了一剂，才稍稍平复。

外面的那些浪子听见了，便造出许多谣言，说："这样的年纪，哪里忍得住？况且又是很风流的人品，很乖觉的灵性，以后不知飞到谁手里，便宜谁去呢！"

过了几日，妙玉病虽略好了些，但神思终有些恍恍惚惚，人也瘦了不少。

宝玉闻讯赶来问候，妙玉拒不见客。可是当宝玉远去时，她又悄然出门，望着他的背影出神。

"欲洁何曾洁，云空未必空。"妙玉自与宝玉听琴之后，心情再也平静不下来，虽然她强迫自己拜佛念经，却总是六神出窍，难收凡心。

活冤孽妙尼遭大劫

多年之后，正当大厦将倾之时，贾府被盗。一盗贼翻墙进栊翠庵，用闷香将妙玉熏昏，将妙玉轻轻地抱起，背在身上，搭了软梯，爬出墙去。外边早有伙贼弄了车辆在等，将妙玉放倒在车上，劫持而去。

可怜一个极洁极净之人，却落到了一伙强盗的手中。这真如警幻仙曲中的《世难容》所唱：

> 气质美如兰，才华阜比仙。天生成孤癖人皆罕。你道是啖①肉食腥膻（shān），视绮罗俗厌；却不知太高人愈妒，过洁世同嫌。可叹这，青灯古殿人将老；辜负了，红粉朱楼春色阑。到头来，依旧是风尘肮脏违心愿。好一似，无瑕白玉遭泥陷；又何须，王孙公子叹无缘！

①啖（dàn）：吃。

㊱ 忏悔宿冤凤姐托幼女

贾府被抄，贾母去世，贾府被盗，王熙凤的半世心血全化作灰烬，接二连三的打击使她一病不起。王夫人也因她看家失职而冷待她，隔三岔五只派丫鬟问候；丈夫贾琏又因抄家获罪而怪罪她，回来从没一句贴心话，望着她竟像望着一个陌路人。如今在她病榻前的只有平儿和女儿巧姐儿。家道的变故，使凤姐感到世态炎凉，人情冷落，昔日的颐指气使[①]早随风而逝，只恨不能速速求死。

病中的凤姐恍惚看见被她害死的尤二姐从房后走来，渐近床前，说："姐姐，许久不见了，妹妹想念得很，今天好不容易进来见见姐姐。姐姐的心机也用尽了，咱们的二爷却不领姐姐的情，反倒怨姐姐做事过于苛刻，把他的前程葬送了，我替姐姐抱不平。"

凤姐恍惚答道："我后悔自己的心眼太窄了，妹妹不念旧恶，还来看我。"

平儿在旁听她喃喃自语，就问她："奶奶和谁说话？"

凤姐惊醒过来，一想尤二姐是死了的人，怎么和她搭上话？

①颐指气使：不说话，而用面部表情或口鼻出气发声来示意，指有权势的人随意支使别人的傲慢神气。

想必是来索命，心里十分害怕，但嘴上又不肯说出来，只得勉强说道："我神魂不定，想是说梦话，给我捶捶吧。"

这时，一个小丫头进来说刘姥姥来了。平儿怕搅扰了凤姐的休息，就让刘姥姥先在外面歇会儿。哪知却让凤姐听见了，连忙请刘姥姥进来坐，说是有话对她说。

刘姥姥是个知恩图报的乡村老妇，庄稼地里的活儿正忙，但一听到贾母去世的消息，就带着外孙女青儿赶来祭奠贾母，也顺道看看凤二奶奶。在众叛亲离之时，这一份远来的真情令凤姐感动。

平儿将刘姥姥引到炕边，刘姥姥便说："请姑奶奶安。"

凤姐睁眼一看，不觉一阵伤心，说："姥姥你好，怎么这时候才来？"

刘姥姥看着凤姐骨瘦如柴，神情恍惚的模样，也悲切起来，说："我的奶奶，怎么几个月不见，就病成这个样子了？我真是老糊涂了，怎么不早点来看奶奶？"

说着，就叫青儿给凤姐请安。青儿只会憨憨地笑，凤姐倒觉得喜欢，便让丫头带着青儿去玩。

刘姥姥对凤姐说："我们村里的人生病是从来不吃药的，万一病了就烧香拜佛。我想，奶奶的病该不会是撞着了什么吧？"

平儿听了，赶紧扯扯姥姥的衣服，刘姥姥会意，便不言语。

哪知这句话倒合了凤姐的意，她挣扎着说："姥姥，你是上了年纪的人，说的不错。你见过的赵姨娘也死了，你知道吗？"

赵姨娘是到铁槛寺给贾母送葬时中邪死的，都说是恶有恶报。凤姐心想自己做的恶事更多，下场一定更惨，越想越害怕，

巧姐儿

却不知该怎么办才好。

这时，刘姥姥诧异地说："阿弥陀佛！好端端一个人，怎么就死了？我记得她还有一个小哥儿呢！"

平儿说："那有什么，有老爷、太太呢。"

刘姥姥说："姑娘，你哪里知道，儿子是不能没有亲娘的，隔了肚皮是不中用的。"

一句话触动了凤姐的伤心事，一想到自己死后巧姐儿孤苦无依，就止不住呜咽起来。

巧姐儿听见哭声走过来，拉着母亲的手也哭得伤心。

凤姐看准了刘姥姥是个靠得住的人，料定自己死后女儿在贾府的日子不会好过，便有心把巧姐儿托付给她，万一有个三长两短，还可以有个去处。于是，凤姐就叫巧姐儿向刘姥姥问好，说："你的名字还是姥姥取的呢，就和干娘一样，你快请个安。"

刘姥姥忙说："阿弥陀佛，不要折煞我了。巧姑娘，我一年多不来，你还认得我吗？"

巧姐儿说："怎么不认得？前年你来，我还跟你要蝈蝈，你没给我，一定是忘了吧。”

刘姥姥听她一说，倒是记起来了：“蝈蝈呀，我们村里多的是。只要你去，要一车也有。”

凤姐忙顺势说：“那你就带了她去吧。”

刘姥姥以为凤姐说笑话，哪知听到后来，发现凤姐是认真的，也就半真半假地试探道：“要么，我给姑娘做个媒吧。我们那里虽说是乡村，也有大财主人家，上千亩地，上百头牲口，银子也不少。只是不像这里有金有玉的，奶奶恐怕瞧不起。不过，我们庄稼人瞧着这样的财主家，也算是天上的人了。”

从前，刘姥姥进大观园，凤姐只把她当做哄老太太开心的“活宝”，时到今日，听刘姥姥说那恬静的乡村生活，自己竟也有些羡慕起来，所以，一等刘姥姥说完，凤姐就马上说：“你说去，我愿意给。”

巧姐儿的前途有了着落，凤姐放下了一件最大的心事。刘姥姥走后，凤姐的病也越发厉害了，经常说着谁也听不懂的胡话，很快就去世了。

㊲ 看破红尘惜春入空门

惜春是宁府贾珍的亲妹子，在贾府同辈的女孩子中排行第四，自幼性情怪僻，爱与尼姑庵的小姑子做伴，动不动就说：“我明儿剃了头做姑子去。”

惜春

有一次，薛姨妈给园内的姐妹们送宫花，惜春正在与水月庵的尼姑智能儿玩耍，一见花匣里美丽的宫花，就说：“我正在说将来要剃发当姑子去。若是剃了头，这花儿往哪里插呢？”

一时惹得送花人发笑：“好好的一个千金小姐，怎起这样的傻念头。”

惜春相貌平平，才情也平平，虽然酷爱丹

青[1]，画过一张大观园图，不过技艺也是平平。栊翠庵的妙玉倒与她过往甚密，经常在一起下棋。她很是羡慕妙玉，六根清净，俗事皆无。虽说她被贾母带到荣府来与姐妹们同住，但她对亲哥哥贾珍的丑事时有所闻，更有一个懦弱无能的嫂子，不但管不住丈夫，还管不住儿子，所以她更替他们害羞，倒真恨不能割尽了青丝当姑子，从此与这个丑恶的家族一刀两断。

在抄检大观园的时候，惜春真是越要脸面，越是有丑事出在她的名下。干干净净的一位小姐，偏有一个不守规矩的丫头入画。凤姐在入画的箱子里搜出一大包金银锞（kè）子和男人的靴袜，入画跪而哭诉："这是珍大爷赏我哥哥的。因我们家在南方，哥哥没地方放，就托老妈妈带进来叫我收着。"

惜春一听又是大哥做的好事，心里怕得要死，说："我竟不知道！这还了得，二嫂子，你要打她，好歹带她出去打罢，我听不惯的。"

说完就死活要让凤姐把入画带走，从此撵出大观园去。凤姐想入画是宁府带过来的丫头，得由宁府自己去处理。第二天，惜春非要嫂子尤氏将入画带回去，并说："或打或杀或卖，我一概不管。"任入画怎么磕头，都磕不软惜春的心。

抄检大观园，已使贾府内部闹了起来，不久后，锦衣军抄查贾府，封了宁府，昔日的辉煌已成了末日的黄昏。惜春虽是年少，却也一一看在眼里，觉得万事皆空，大势已去。元妃逝，黛玉死，迎春受凌辱而死，探春远嫁，一种红颜薄命之感已十分强

①丹青：红色和青色的颜料，借指绘画。

烈。贾母死时鸳鸯殉主，她是既佩服，又叹息。她认为，千条路万条路，都不及青灯古佛一条路。

贾母出殡，惜春看家，一个人清静之极，很希望有个伴儿。刚巧妙玉来叫门，管二门的老婆子听到了，赶紧将她请进来，惜春见了非常高兴："在家看家熬了好几夜，一个人又闷又害怕。今儿你若肯伴我一宵，咱们下棋说话儿，那我就太开心了。"

妙玉先是不肯，后来见惜春可怜，又提起下棋，便答应了。她叫婆子去取茶具被褥来，准备两人座谈一夜。惜春亲自烹茶，两人说了半夜的话，又下了棋。惜春连输了两盘，妙玉又让了四个子儿，惜春才勉强赢了半子。这时已近四更，周围万籁俱寂，妙玉说要去打坐一会儿，让惜春先去歇息。

惜春正要歇去，猛听得东屋内上夜的人一片喊声："了不得了，有人！"吓得惜春与丫头心胆俱裂。妙玉说："必定有贼了。"于是吹灭了灯，凑着窗户眼往外瞧，只见几个男人站在院内，吓得不敢出声。一会儿房上传来一片瓦片的碎裂声，接着喊声又起，院内又有人在喊"捉贼"，七嘴八舌的一片混乱。这时房顶上好多瓦片飞下来，众人吓得不敢上前。

就在这束手无策之时，只听得门外一声大响，有人打进门来，喊道："不要跑了他们一个，快都跟我来！"

一看，原来是新来的看门人包勇，长得五大三粗的，很有几分威武。下人们立刻觉得有了头，胆也壮了许多，有人指着房上说："有一个走了，还有一些在房顶。"包勇便一矮身，纵上房顶去追贼。

原来这些贼细知贾府内情，一要偷物，二要劫人，特别想劫走惜春房内的绝色女尼。谁知半路杀出个“金刚”似的家人来，打得众贼飞奔而逃。包勇紧追，众贼又与他厮斗，有一个被他打下房来。众贼见斗不过他，只得跑了。

等到将贼赶走，赶紧查看东西，只有老太太房里失窃。后来发现被包勇打下来的竟是管家周瑞的干儿子，原来是家贼引了外贼来。

这一夜的折腾，把惜春吓得半死，她边哭边对凤姐说：“这样的事为什么偏偏碰在咱们两个人身上？明儿老爷、太太回来，叫我怎么见人？说把家交给咱们，如今闹到这个份儿上，还想活着么？”

这时有人议论，说是妙玉进来才把贼人引了来。惜春一想，是自己私下里留住了妙玉，越想越害怕，终日哭哭啼啼，谁劝都没有用。

惜春想着自己的身世，想着老太太死后再无人疼爱自己，与哥嫂不和，又弄出这些事来，想来想去只有剪了青丝做姑子去，方能解脱。丫头一不留神，惜春就已将一半的头发剪了。吓得丫头大呼小叫，苦苦哀求，方将另一半头发拢起。

几天后，地藏庵的姑子来看惜春，给惜春说了好些因果报应的事，又说：“我们虽不能成佛作祖，修修来世或者转个男身也是好的……”

这话说到了惜春的心里。想想自己家里，一个个混账男人都活得好好的，而女孩子七灾八难的，死的死，嫁的嫁，没有一个有福的，即使像宝钗，嫁了呆子似的宝玉，也好不到哪里去，女人活着终是受罪，与其这样，真不如修修来世了。

这个主意一定，她把另一半头发也剪了。半夜三更吵到王夫人、邢夫人那里磕头，硬是要皈依佛门，说如不依，便撞死在眼前。王夫人没法，只好同意，发话在家里设庵堂，并说："姑娘要行善，那是前生的夙(sù)愿，我们也拦不住，只是那头发可以不剃，只要自己的心真就行，妙玉不也是带发修行的?"

惜春听说同意她出家，便收住了泪，拜谢了两位夫人。王夫人又问惜春的那些丫头，有谁愿意跟着姑娘的可以留下，不愿意的就配人。哪知，往日服侍她的众丫头中，竟没有一个愿意跟着惜春的，惜春更是伤心，觉得人生实在没有可留恋之处。

虽然惜春已找到了归宿，可是不知怎的，心中还是闷闷不乐。宝玉在一旁称道："真正难得!"然后竟念出一首怪怪的诗来：

勘破①三春景不长，缁衣②顿改昔年妆。
可怜绣户侯门女，独卧青灯古佛旁!

惜春一听，问他"是不是自己作的"，宝玉却说："看来的，在一个别的地方看来的。"惜春更相信命运天定了。

①勘破：参破，看透。②缁(zī)衣：指僧尼的服装。缁，黑色。

㊳ 通灵宝玉失而复得

贾宝玉自从丢失了通灵玉之后，就像灵魂出了窍，大脑时而清醒时而混沌。那一日，来了一个与宝玉极相似的青年，名叫甄宝玉。宝玉见了十分高兴，原以为得一知己，岂知谈了半天，竟有些冰炭不投。

宝玉有些闷闷不乐，回到房中就又有些失态，不说不笑，只是发呆。过了几天，更加神志不清了，甚至连饭食也不进了，请大夫来看病，大夫连连摇头，处方也不肯下，贾政只得吩咐准备后事。

这时的贾府今非昔比，贵妃薨逝，黛玉、贾母、迎春、凤姐，也都去世了，贾府早已是内囊空虚，入不敷出。当家人贾琏一听又要预备丧事，正不知如何筹钱，却见一个人跑进来说："二爷，不好了，又有人来要银子了！"

贾琏吓了一跳，忙问什么事。小厮说："门外来了一个和尚，手里拿着宝二爷丢失的玉，说要赏银一万两！"

贾琏照脸啐道："先前那假的你不知道么？就是真的，现在人都要死了，要这玉做什么？"

正在这时，忽听外面说，那和尚自己闯进来了，众人拦也拦不住。贾琏骂道："还不给我打出去！"可里头传出话来："宝二爷不好了！”抬头却见和尚已在眼前，如入无人之境，不施礼也不答话，便往里冲。

贾琏拉着和尚大声呵斥道：“里头都是内眷，你这野东西混跑什么？”

那和尚说：“迟了就不能救了。”

贾琏急得一面走一面朝里屋乱嚷：“里面的人不要哭了，和尚进来了！”

里头的内眷正哭得呼天抢地，哪里听得见。贾琏走进去又嚷，王夫人等急回头，就看见一个高大的和尚，吓了一跳，躲避不及。

只见那和尚直走到宝玉的床头，举着一块玉说：“施主们，我是送玉来的。快把银子拿出来，我好救人！”

王夫人惊惶无措，也不辨真假，说道：“若是救活了人，银子自然有的。”

和尚笑道：“拿来！”

王夫人只是说：“你放心，横竖折变得出来！”

和尚哈哈大笑，手拿着玉在宝玉耳边叫道：“宝玉，宝玉，你的宝玉回来了。”

就这一句话，宝玉的眼睛就睁开了，问道：“我的玉呢？”那和尚递过玉去。

宝玉先是紧紧地攥着，后来慢慢地松开手，把玉放在胸前细细地看，说：“哎呀，久违了。”

惊得里外的人都合掌念佛，连宝钗也顾不得有和尚了。贾琏也走过来看，见宝玉果真活过来了，心里一喜，连忙躲了出去。

谁知那和尚从后面追过来，拉起贾琏就跑。

贾琏只得跟了他去找贾政。贾政听了很高兴，对着和尚施礼叩谢，和尚还了礼坐下。

贾琏心想，这和尚必是要了银子才走。贾政问和尚："宝刹①何方？法师大号？这玉是哪里得的？怎么小儿一见便活过来了？"

和尚微微笑道："我也不知道，只要拿一万两银子来就完了。"贾政见这和尚粗鲁，也不敢得罪，便说："有。"和尚道："有便快拿来。我要走了。"贾政说："请稍等，待我进内瞧瞧。"和尚道："快快出来才好。"

贾政进去，宝玉见是父亲，就想坐起来，却因身子虚弱起不来。王夫人按着不让他动，宝玉笑着拿玉给贾政瞧，说道："宝玉来了。"

贾政略略一看，知道这事有些根源，便和王夫人商量赏银的事。王夫人说："把我所有的变卖吧。"

宝玉在一边说："只怕他不是要银子的吧。"

贾政点头说："我也觉得古怪，只是他口口声声地要银子。"

王夫人让贾政先出去与和尚周旋，可是待贾政出去时，哪里还有和尚的影子？

里面，贾政一出去，宝玉就嚷着肚子饿，喝了一碗粥，还说要吃饭。婆子们取了来，王夫人却不敢给他再吃。宝玉说自己已经好了，夺过来就吃。果然，神气就渐渐地好起来了，说着就要

①宝刹（chà）：敬辞，称僧尼所在的寺庙。

得通灵幻境悟仙缘

下地。

麝月上去轻轻地扶起，因心里喜欢，便忘情地说："真是宝贝，才看见了一会儿就好了。亏得当初没砸破。"

哪知，宝玉听了这话，神色一变，把玉一撂，身子往后一仰，口眼紧闭，脉息全无，只是胸口尚有些温热。

麝月自知失言，不停哭泣。王夫人等也无暇责备她，只急得哭叫不止。

贾政只好急忙请医灌药救治。

宝玉生而复死，灵魂早已出了窍，恍恍惚惚地赶到前厅，只觉身轻如叶，随了那和尚飘飘摇摇地重游了太虚幻境，偷看了许多天机，却都是半懂不懂。宝玉刚想问个明白，猛地被和尚一推，口里喊一声"啊哟"，就跌回了尘世。

王夫人、宝钗等哭得眼睛红肿，见宝玉苏醒过来，心也就渐渐放下了。宝玉将刚才神魂所经历的事细细一想，便哈哈大笑，说道："是了，是了。"贾政叹道："没用的痴儿，你要吓死谁呀！"说着，眼泪也不知不觉流了下来。合府上下，着实虚惊了一场。

39 中乡魁宝玉却尘缘

哀莫大于心死。宝玉自黛玉一死，心早已死了一半，加上妙玉被劫、迎春惨死、探春远嫁等变故，使他看破红尘，动了出家为僧的念头。和尚来送玉的那天，他的灵魂出窍，随游了警幻仙境，遇见黛玉、鸳鸯、晴雯都已成仙，醒后更坚定了他了却尘缘的信念，只因养育之恩未报，凡心未泯(mǐn)。宝玉心想，若能中个举人，光宗耀祖，也算对得起父母了，所以等身体复原之后，就一改往日情态，加倍地用功，把《五灯会元》等佛教书藏过，翻出“四书”“五经”①，闭门苦读，准备迎接乡试。王夫人见了，以为他改邪归正了，心里十分高兴。只有宝钗觉得他变得太快，只怕又有什么变故，心中很不安宁。

那年正值科举考试的年头，贾政临走前吩咐贾琏，让宝玉和贾兰一块儿去应试。转眼到了应试的日子，宝玉、贾兰打点好行装，王夫人千叮咛，万嘱咐，让他们自己小心，互相照顾，交了卷子早些回来。贾兰一一答应，宝玉却一声不吭。待王夫人说完，宝玉就走过去跪下，泪流满面，磕了三个头，说道：“母亲生我养我，我也无可报答，只有入场用心作了文章，好好中个举

---

①五经：指《诗》《书》《礼》《易》《春秋》五部儒家经典之作。

人出来。那时太太喜欢，儿子一辈子的事也完了，一辈子的错也都遮过去了。”王夫人听了更加伤心起来，说：“只可惜老太太不能见着你了。”一面说一面拉他起来。那宝玉却只管跪着不肯起来，说道：“老太太见与不见，总是知道的，喜欢的；既能知道了，喜欢了，不见也和见一样的了。”

这光景有点异常，众人想扯开话题，哪知宝玉转身给李纨作了个揖，说：“嫂子放心，我们爷儿两个是必中的。日后兰哥还有大出息。大嫂子还要戴凤冠霞帔①呢！”宝玉说完，又走到宝钗跟前，深深地作了个揖。众人见他行事古怪，摸不着头脑，却也不敢笑他。宝钗的眼泪刷地流了下来，众人觉得更加奇怪。又听宝玉说：“姐姐，我走了，你好生跟太太听我的喜讯吧。”

临走时，宝玉仰面大笑：“走了，走了，再不胡闹了，完了事了。”宝玉的有失常态，引得王夫人和宝钗像生离死别似的，几乎失声痛哭。宝玉却哈哈大笑着跨出门去，大有疯傻之状。

贾政在金陵安葬贾母，处理了一些杂事。一日接到家书，看到宝玉、贾兰中举，宝玉第七名，贾兰第一百三十名，心下喜欢。后来读到宝玉走失，复又烦恼，只得匆匆赶回来。在半道上又闻有恩赦的圣旨，又接家书，果然是恢复了世袭的官职，心中更是喜欢。一日，行至毗(pí)陵驿，贾政把船泊在一个僻静处，派家人上岸去办事，自己留在船上写家信。刚写到宝玉的事，便停住笔，抬头忽见船头上微微的雪影里有一个人，光着头，赤着脚，身上披着一件大红猩猩毡的斗篷，向贾政倒身就拜。贾政尚

①凤冠霞帔(pèi)：指旧时富家女子出嫁时的装束，以示荣耀。也指古代贵族女子和受朝廷诰封的命妇的装束。帔，古代披在肩背上的服饰。

未认清，急忙出船，正想问个明白，只见那人向他拜了四拜，又站起来合掌打了个问讯。贾政正要还礼，定睛一看，不是别人，却是宝玉。贾政心里一惊，忙问："可是宝玉么？"那人不言语，似喜似悲。贾政又问："你若是宝玉，为何这般打扮？"

宝玉未及答言，只见来了一僧一道，夹住宝玉，说道："俗缘已了，还不快走？"说着，三个人飘然而去。贾政不顾雪厚路滑，急忙下船追赶。只听得那三人中有一人唱道：

我所居兮，青埂之峰。
我所游兮，鸿蒙太空。
谁与我游兮，吾谁与从？
渺渺茫茫兮，归彼大荒！

贾政一面听着，一面追赶，转过一个小山坡，忽然不见了。贾政已赶得心虚气喘，惊疑不定，回过头来，见自己的小厮也在后面追。贾政问他："你看见前面三人么？"小厮说看见了。贾政还想去追，但眼前唯有白茫茫一片旷野，向何处去寻呢？

宝玉出走了，随着一僧一道回到太虚幻境，尔后又变作一块晶莹剔透的宝玉，由那僧道携到了青埂峰下，安放在女娲炼石补天之处。《红楼梦》的故事结束了，作者为这离奇而耐人寻味的故事披阅十载，动情洒泪，真可谓：

说到辛酸处，荒唐愈可悲。
由来同一梦，休笑世人痴！

附录 《红楼梦》歇后语集锦

1. 胳膊折了往袖子里藏——自掩苦处
2. 坐山观虎斗——坐收其利
3. 借剑杀人——不露痕迹
4. 引风吹火——费力不多
5. 站干岸——不沾事(湿)
6. 推倒油瓶不扶——懒到家了
7. 狗咬吕洞宾——不识好歹
8. 千里搭长棚——没有个不散的宴席
9. 丈八的灯台——照见人家，照不见自家
10. 黄鹰抓住了鹞(yào)子的脚——扣了环了
11. 金簪子掉在井里头——有你的只是有你的
12. 九国贩骆驼的——到处兜揽生意
13. 宋徽宗的鹰，赵子昂的马——都是好画儿
14. 状元痘儿灌的浆儿——又满是喜事
15. 黄柏木作磬槌子——外头体面里头苦
16. 聋子放炮仗——散了
17. 梅香拜把子——都是奴儿
18. 仓老鼠和老鸹(guā)去借粮——守着的没有，飞着的有

19. 清水下杂面——你吃我看

20. 见提着影戏人子上场——好歹别戳破这层纸

21. 耗子尾巴上长疮——多少脓血儿

22. 顶梁骨走了真魂——吓得要命

23. 锯了嘴子的葫芦——没口齿

24. 小葱拌豆腐——清的清白的白

25. 可着头做帽子——要一点富余也不能

26. 羊群里跑出骆驼来了——就只你大

27. 含着骨头露着肉——吞吞吐吐

28. 焦了尾巴稍子——绝后

29. 大观园里哭贾母——各有各的伤心事

30. 贾宝玉的丫环——喜(袭)人

31. 王熙凤害死尤二姐——心狠手毒

32. 刘姥姥进大观园——眼花缭乱

33. 刘姥姥出大观园——满载而归

34. 林黛玉葬花——自叹命薄

35. 贾宝玉住在小西屋——到哪儿说哪儿

36. 正白旗的曹雪芹——真个别

图书在版编目(CIP)数据

红楼梦故事 / (清)曹雪芹著；夏天改写 . —杭州：浙江古籍出版社，2018.3
ISBN 978-7-5540-1171-3

Ⅰ. ①红… Ⅱ. ①曹… ②夏… Ⅲ. ①章回小说—中国—清代 Ⅳ. ①I242.4

中国版本图书馆 CIP 数据核字(2017)第 306370 号

红楼梦故事

(清)曹雪芹 著 夏天 改写

出版发行 浙江古籍出版社
(杭州市体育场路 347 号 电话:0571-85068292)
网 址 www.zjguji.com
责任编辑 陈临士
文字编辑 潘铭明
责任校对 余 宏 吴颖胤
封面设计 刘 欣
责任印务 楼浩凯
激光照排 浙江新华图文制作有限公司
印 刷 杭州富阳美术印刷有限公司
开 本 710mm×1000mm 1/16
印 张 14.75
字 数 165 千字
版 次 2018 年 3 月第 1 版
印 次 2018 年 3 月第 1 次印刷
书 号 ISBN 978-7-5540-1171-3
定 价 26.50 元